活成一支小夜曲

焦文旗 —— 主编

常朔 —— 副主编

花山文艺出版社

河北·石家庄

图书在版编目（CIP）数据

活成一支小夜曲 / 焦文旗，常朔主编. —— 石家庄：
花山文艺出版社，2020.6（2025.1 重印）
（"智慧人生"丛书）
ISBN 978-7-5511-5192-4

Ⅰ. ①活… Ⅱ. ①焦… ②常… Ⅲ. ①散文集－中国
－当代 Ⅳ. ①I267

中国版本图书馆CIP数据核字（2020）第094916号

丛 书 名：　"智慧人生"丛书
主　　编：　焦文旗
副 主 编：　常　朔
书　　名：　**活成一支小夜曲**
　　　　　　Huo Cheng Yi Zhi Xiaoyequ
选题策划：　郝建国　　王玉晓
责任编辑：　冯　锦
责任校对：　李　伟
封面设计：　新华智品
美术编辑：　王爱芹
出版发行：　花山文艺出版社（邮政编码：050061）
　　　　　　（河北省石家庄市友谊北大街330号）
销售热线：　0311-88643299 / 96 / 17
印　　刷：　北京一鑫印务有限责任公司
经　　销：　新华书店
开　　本：　880 mm×1230 mm　1/32
印　　张：　6.25
字　　数：　120千字
版　　次：　2020年6月第1版
　　　　　　2025年1月第6次印刷
书　　号：　ISBN 978-7-5511-5192-4
定　　价：　39.80元

写在前面

◎ 郝建国

花有千万种，路有万千条。

对自然而言，和风细雨，阴晴冷暖，均为常态；于人生而言，顺境逆境，悲欢离合，亦属习见。

人生是一段持续百年的跋涉，需要不断地汲取营养，增添前行的动力。

在人类漫长的发展史中，无数先哲积累了大量的人生智慧，铸就了许许多多的智慧人生。这些经验，经过传承，由文言文转为白话文，弥散在一个个现代版生活故事中，感染和引领着无数的人，由粗放走向精致，由遗憾走向尽美。

我们认为，智慧的人生才是完美的人生。

为了便于大家在阅读中感知和体味人生智慧，我们编选了这套"智慧人生"丛书。

丛书由《看淡人生悲与喜》《活着，就是最美的风景》《与过去的自己对话》《爱是最好的良药》《和对手做好邻居》《活成一支小夜曲》《相信自己的"奇迹"》《仁爱比聪明更重要》《幸福就是一场雨》共九册构成，从多角度揭示智慧人生的不同侧面，展示智慧人生的多维内涵，寄望身边的每一个人都能活得精彩、活得明白、活得有尊严。

丛书中的文字浅显易懂，故事生动感人，读来畅快淋漓、兴趣盎然、回味隽永。文章作者，虽不乏文坛宿将，然多为普通写作者，他们从身边琐事写起，独抒性灵，讲述对人生的智慧解读。阅读的过程，宛如与故友谈心，丝丝涟漪，轻轻荡漾，如春风化雨，滋润心田。

人生如航行，智慧是灯塔。

祝读者朋友一路顺风，愿智慧之灯无碍长明！

目　录

第一部分　云在天上，我在人间

第二部分　世间味

第三部分　寂寞瓦花清逸心

第四部分　当花看

第一部分

云在天上，我在人间

松　薪

◎草　予

多少岁月，故乡伐薪而炊的人们活得自然而然。

柴薪一日，即得一日饮水。那样的岁月，日子是焖在架柴生炊的锅里的！在乡间放眼一望，谁家不依个柴堆草垛呢！

山风山雨哺得木秀云清，松间行清泉，竹外绕春桃，可是，代薪的多半只有松树。故乡的松，高不可泊鹤，奇不足叫绝，只是山中日月最寻常的侣伴，拿来暖灶，人们才不觉得疼得紧。

风暖天阔时，女人们背着柴篮，担着柴耙，半日即可在山间取回满满一筐笼山盖苔的松针，故乡的人称之"松毛"。零落成席的层层松毛，抖落了松涛和日光，在山径温暖得像新煮的茶。

也无人过问女人们都取自谁家的山头，那是勤劳的应分之得。松毛轻软似云，满载的女人心旷神怡。松毛是拿来引火起灶的好料，只听灶下一阵声嘶力竭，火势就起了，这个时候丢上几束柴枝，灶就算引着了。

通常勤家的女人们会备好这样软云一垛，等待农忙或冬封。温锅时，撷上一把，要过个来日方长。

松枝由男人们从树上"吊"来，镰刀绳缚在竹竿上，用以高处修枝剪杈。每年，男人们就会对自家的松林作一番打理和修整，助其生长，顺便拾回一季的炊薪。

松树是顶有耐性的树种，今岁如是，明岁亦如是。于是，人也不贪，往往是上一代植的树，留待下一代再伐，伐了又栽。不勃勃地计算年月，让松树格外耐烧。池边的泡桐自是长得勤，三五年即可环抱，可是从没人会拿它来烧。杨树也足够心急如焚，人们也不喜欢。几劈松柴，就煨香了一锅饭。女人们可以一人轻松应付灶上灶下，不慌不乱。

长得争气的松，人们也不忍伐，任它守山固土，气冲霄汉。山青一色，把山脚的水田也熏绿，谁家刚犁过的春田，就满了秧苗！可是，山松并不关心收支难测，精打细算总是农家的智慧。等到松树成材后，用来售卖，也是一笔好收成；或是自家起屋盖房，作为梁栋之材。

不够挺拔的老松，大多被伐来代薪。男人们砍倒松干，也不急于运回，要就地晾上一晾，像要让天地把十年烟云都回收了去，这松已然了无牵挂，才心甘情愿跟主人回家。如此，也就好像少了斤两，男人们轻轻便便就能担回。

一棵棵松树横曳在院子里，像一叶舟筏泊在屋前。孩子们落在上面，直嚷嚷着要起锚，可是又不知该向何处。于是，舟依旧泊着岸，但那快乐已经远航，乘风破浪去了。

锯树时，孩子们常常被叫来帮忙，松树被支在墩桩上，停好锯子，大人拉一头，孩子在锯子的另一头。上行，下行，吱呀的锯齿扯出松树一圈圈的年轮扬成了尘屑。一趟又一趟，直把那山风山雨都锯断，剩下一捆捆人间烟火。

孩子们长大后如梦初醒：锯断的那棵树，其实唤作故乡！

那一堆清香的松屑，最后也填作了柴，来暖老人们的手炉。提炉的老人，坐在阳光里，看着男人们扬臂劈柴，夕阳为男人捡起影子，山风在额头拭着汗……

云在天上，我在人间

◎包利民

　　似乎是在我低头看一朵初开的野花的刹那，一朵很小巧的云就出现了，空荡荡的蓝天一下子就生动了许多。阳光的浪潮连绵不断，把晚春的大地山河冲洗得清新无比。

　　一条小狗在草地上疯跑，追逐着看不见的快乐。我看那朵小小的云，白得层次分明，初看不动不变，但只需凝神一会儿，便可发现它一直在动，在变幻，每一缕纤细的云气都在缠绕翻卷。云飘得很快，那条小狗从我腿边跑过，我只分神了一瞬，再抬头，它便也如小狗一般跑出了很远。

　　身旁不远处，是一小片年轻的白桦林，清秀笔直，嫩叶初生，树干白得亮眼。我的目光在林中游荡了一下，便惊落了一串清脆的鸟鸣，它还未坠到地上，便被长风拾起，远远地送了出去。正在寻找那只鸟的时候，忽然周围暗了下来，抬头，那朵小云已走到了太阳的下面，把阳光拦截了一部分。

　　那么小的一朵云，投在地上的影子也并没有多大，但它像一只乌黑的野兽，跑得迅速，飞快地穿过白桦林，掠过草地，使得阳光只能亦步亦趋地跟在它后面。小狗撒了欢儿地撵它，从林中到草地，从草地到小路，一直追到河边。影子毫不停留地涉水而过，小狗颓然止步，鼻子抽动着，很茫然地抬头看了看，然后转身跑向那片阳光下的绿色，又恢复了先前的兴奋。

两个十来岁的孩子，刚才也在看小狗追云影，小狗在河边发呆的时候，男孩说："我知道它在想什么！"

女孩不甘示弱："我也知道它在想什么！"

男孩很不屑："那你说它想什么？"

"它肯定在想，我要是会游泳，早撵上你了！"

男孩拍手："哈，你真傻，狗本来就是会游泳的！它是在想，我今天心情好，就放过你一次！"

女孩生气了，转过身不理男孩。

我闻言而笑。我今天心情好。男孩简单的话，也许是最朴素的道理，心情好的时候，便没有什么能让人挂怀，也没有什么可以影响那份快乐。

太阳正在中天，云在地面上有影子，云在河里有倒影，真正的对影成三，它们正同步走向对岸。我向上游望过去，河流渐远渐细，隐入苍茫的山影中。徐徐收回的目光，忽然被河面上的几点黑影牵绊住。觉得那像是几只野鸭子，心中遂涌起愉悦，像初生的春水。那几个黑点乘春水而来，游进了我的心情里，果然是野鸭子，它们一边顺流而下，一边嬉闹戏水，惹得我的心情也随之荡漾起来。真想大声地问它们："春水可暖？"

想起自己小小少年的时代，在这样的春天，如果遇见野鸭子，真的会问出许多奇妙的问题。而且我也会在大地上奔跑，后面跟着我家的花狗。我也曾用力撵过天上似缓实快的云，直跑到全身汗涌气喘如牛，才躺在柔软的草地上，继续用目光去追赶那一朵洁白。直到一只鸟影划过视野，才转头跌进另一份美好里。年龄比我的脚步更快，把许多时光，把许多无忧，都远远地丢在了我身后。

此刻，我真想奔跑一下，像那条小狗，像童年的我，抛下所有的顾虑，跨过河岸向前跑。那条小狗被吓了一跳，愣愣地看了我好一会儿，那两个孩子不知在争论什么，根本没有注意我。我向着天边那朵遥远的云奋力迈步，但好像还不到半分钟，便觉得脚步沉重，而心却轻盈欲飞。很庆幸能把心里的负荷和羁绊抛下，不管暂时还是永久，哪怕有这半日的驰心骋怀，也能美丽一天的心情。

往回走的时候，经过那两个孩子，他俩还在指点着远在天边的那朵云，它此刻已经变得更小了。

男孩问："你快看，那块云彩像什么？"

我也看过去，却一时觉得什么都像，又什么都不像。

女孩看了几眼，肯定地说："像那条小狗！"

男孩鼓掌："太对了，真像那条小狗！"

那条小狗就在不远处，似乎听到在说它，白了两个孩子一眼，又继续转过头，去发现只属于它自己的幸福。

忽然很感动。这朴素的感动，关于春天，关于季节，关于岁月，永远不会被世事湮没。就像此刻，云在天上，我在红尘，阳光下生长着无边无际的喜悦，多么奇妙的小小人间，所以，我的热爱，才会生生不息。

清姿贵格

◎江泽涵

老上海有个逸闻：一富户举办盛宴，席间，少公子抓起筷子，上下错落，尾端在胸口顶齐。同座一人洞悉：此子非家养，原当为乞儿。不顶桌而赖胸膛，是乞丐吃饭常年无桌养成的。果然，少公子自幼与家人失散，乃为收养。

"为官三代，始知吃饭穿衣"，古人认为，"姿仪清雅"靠代代沉淀，不愁物质的，或会讲究下，若赶上疲于讨生活的，哪还有这份心力。

从人的微处看门第教养之风，如火如荼。吉田兼好《徒然草》中说："贵族子孙即便破落，也自有其清姿贵格。"这话看似有失公允，但我阅世愈久，却愈觉清朗。"清姿"说到底就是一种皮相习惯，礼仪班可导人速成，经二三月熏陶就能出一身美的仪态。但要紧的是"贵格"，撑起格局的是那颗崇善向美之心，不然，恁是贵族，一旦露迹，形象瞬间崩塌。

说得纯粹些，"贵格"就是要人知道什么能做，什么不能做，该怎么做才最妥帖。无"清姿"，有几分"贵格"，倒还能补足下，但若是反一反，那点儿风雅也更显假。清姿贵格，并不多高端，也非纯物质产物，随时随处都能持守精进。

叶 搭 肩

◎杨崇演

有人出上联：花打头。我对下联：叶搭肩。

花打头，是花打在头上。叶搭肩呢，当然是叶子搭在了肩膀上。

有首诗写得好——刚才落叶搭了我的肩，我听见风说是秋天……

其实，很多植物也是在春天落叶的。

我就在这个春节，被大叶榕搭了肩——人走在街上，大叶榕纷纷叶落归根，金黄的叶子撒在地面上，黄灿灿的。

我陶醉在美的意境中，突然感觉有什么东西轻轻搭了一下我的肩膀。谁？环顾四周，并无他人。原来，是树叶飘落肩上——它是来向我打招呼的，还是告别的？没关系，我早想好了赠言：是你毫不吝啬的让位，才有了新绿的美丽。

叶搭肩，一个季节搭在肩上。冬天的风一阵冷似一阵的，泛黄的树叶翩然从天而降，落在行走的人们的肩膀上，轻轻串起，一片、两片……会碰到一模一样的吗？夏天，一个万物茁壮成长的季节，也有落叶搭肩？有的。去年夏天，我走在花香满径的路上，居然也有不少殷红的樟树的落叶搭上了我的肩——我有些讶异，夏天也有落叶吗？原来，欣欣向荣的季节，也会有一些叶子会老去、会飘落。就像一个国家一个人，即便是在最兴旺最鼎盛的时期，也会有一些东西被淘汰和更新！

叶搭肩，如同故朋好友，不经意间，就把一只手轻轻搭上了你的肩，然后又抽手回去，再搭，再抽回——有的是笑嘻嘻，摇摇摆摆；有的是咯咯咯，笑着转起来；有的是哗地散开去，又层层叠叠地聚拢来。你眼睛滴溜溜地去乱寻，究竟是何人恶作剧逗我。当然是落叶缤纷，叶搭肩。

眼看着叶搭肩了，正欲与之握手，突然落叶又飘至胸前，像别针一样斜插在上衣的口袋里，真是别有一番情趣。把树叶从口袋掏出来，放在掌心细细摩挲。此刻，我好像怀抱着沉睡的婴儿，默默呵护它的安静；更像陪伴着沉思的老人，静静守候它的安闲。

前年冬天，西风急，落叶纷飞。我站在书房里，看片片落叶从风中飘来，"啪"地一下，打向玻璃，旋转着，落向旁边的窗台。它没有站稳住脚，这才跌落到楼下更深的地方，尽管那声音极轻，但我还是听见了。一阵风来，又有一片叶子被吹转了一圈，一失脚，从窗台上跌下来，如一只蝴蝶，旋舞翩跹的。地面离我很远，然而耳畔却仿佛听见"嚓——"的一声，寂寂的一响——太熟悉了，那飞翔的姿势以及飘向地面的声音，分明就是一曲生命的绝唱！

推开窗，目光追寻落叶而去。随着风，一枚叶子，重重地落在肩上。母亲就在那个冬天走了。那片叶，蕴含着岁月的温度与重量，轻轻抚摸，触动心绪，像母亲满是皱纹的手。

遥想当年，叶搭肩聊无诗意，唯有生活的原色。落叶，是我记忆中的一枚印痕。母亲带着我到林间扫拾落叶，一背篓一背篓运回家，烧火做饭，煨炕取暖。万千农户，像是捡拾遗落在田间的那份牵挂，弯腰扫拾落叶……

"搭肩"的叶，纷纷然，栖在人肩上，终归于地，并非无情物。它知道自己——由大地而来，又回归大地，以如此安详的姿态，栖息于大地母亲的怀抱。就像一个不争不闹、不卑不亢、不畏不惧的人，安静、朴素、满足。倘若一个人的一生，亦如这草木之叶，即使不怒放如花，也自在着草木本色，蓬勃着草木生命，延续着草木品质，足矣。

叶"搭"在行人肩上，会搭出不同的表情包？匆匆赶路的人，摸一下肩膀，淡然一笑，若无其事地走了，他无此闲情；倘若搭在一个靓丽的女子肩膀上，便有了万种风情——落叶纷纷，飘飞的思绪，以蝴蝶的姿态入帘，借我淡淡的心香，能否附你的肩，栖息成蝶？

落叶"搭"在诗人、画家、音乐家的肩膀上，更会变作灵感的源泉。不同的艺术家，会对一片相同的落叶做出不同的诠释，创作不同风格的作品。有忧愁的落叶，有欢乐的落叶，还有残酷的落叶。美国画家安德鲁·怀斯说："描写战争，不必出现枪炮，你只要画出一片凋落的枯叶就行了。"

环卫工算是与落叶整天"搭肩勾背"了。从他们的清扫动作上，我发觉了不同的人有不同的心境——一是为扫而扫，一是把脚下的落叶当作老天馈赠的藏品，欣欣然卷起一本由阳光和清风描绘的自然画册，准备送到某个地方储存起来，并标注这是某年某季的珍藏版。

叶，是风吹落的？或者是地球引力的作用吧？

有时候，树叶搭上了虫子，虫子站在上面，把落叶当作房子……

有时候，树叶搭上了蚂蚁，蚂蚁爬在上面，把落叶当作小船……

有时候，树叶搭上了小鱼，小鱼躲在下面，把落叶当作雨伞……

谁是主角

◎吴云飞

湖边半坡草坪上，有一块大石头。手脚并用，极费力地爬上去。坐定了，看湖。

这是湖的一角，被实实在在的绿铺满了半个水面。以初夏的荷叶为主。然后，是一人高的芦苇。再是开满紫色小花的梭鱼草。阳光很好，如同聚光灯一般，打在湖面上。

有风。从早晨刮到现在了，没怎么停歇。我就是被它穿过房间缝隙时，那类似于口哨的呼啸声给招惹来的。这么好的风，与其闷在房间里，不如去外面走走。于是，便来看湖。

我来看湖，风也跟来了。它在身边，窜来窜去。吹吹头发，绕绕膝。摇动旁边的树，把绿得发亮的叶子摇得哗哗作响。还去招惹荷。把荷叶统统掀往一个方向，露出叶背，那一片翠绿，也就淡了许多。又让荷叶左右摆动，像是有一群小仙女在湖面翩翩起舞，同时抖动着绿绸帕子。偶尔，露出一点鲜亮的粉红色，是裹着清香的小荷。荷叶间，零零落落，有往昔残荷的枯枝，挂着未风化完毕的墨色残叶，像是满湖的明媚中，揣着的小小心事。

一只白色的蝴蝶，上上下下，最后叮在一枯枝顶端，跟着枝条一起随风摆动。还有一只黑色的鸟，扑扇着翅膀，栖息在一枝残荷上，停留一会儿，又扑扇着翅膀，落到另一枝。

　　那片芦苇，亦被风调动起来了，扭动着纤细的腰肢，摆摇着灰色的芦花。几只黑色的小野鸭出现在湖面，沿着荷边游行。

　　两个少年靠近湖边。一位，穿一身黑衣，一双白色运动鞋。另一位，一身白衣，一双黑色运动鞋。黑衣的那一位，跪在薄薄的草地上，弯着身子，费力地将手伸进湖边茂盛的水草中，整个胳膊都快进去了。他抓到一只龙虾，扔在草坪上，又在那水草中清洗手臂上的泥。龙虾急速爬行，眼看就要接近水，白衣男孩蹲了下去，用右手食指按住了它的背。

　　身后有人走动，步子轻且慢。两位满头银丝的老太太，在不远处长椅上并肩而坐，细声慢语聊天。

　　我默然坐着，享受着这一片阴凉与寂静。

　　远处，传来低沉的箫声，仿佛诉说着一段哀婉动人的故事，这乐声与周围的一切融为一体，像是一场盛大的"演出"。清风、碧湖、夏荷、芦苇、水草……它们，他们，她们，我，都在其中，已分不清谁是主角。

饥饿的耳朵

◎曹春雷

耳朵也是会饥饿的，不过耳朵的饥饿不是因为听得太少，而是听得太多，且听到的多是不想听的声音。譬如一个人面对着一桌自己很不喜欢，甚至要反胃的菜，却不得不吃下去，最后胃是饱了，但心却一直是饥饿的。

一双城市的耳朵，注定是这样饱着且饥饿着的。汽车鸣笛声、商铺喇叭叫卖声、工地施工声、邻居装修声、广场舞曲声……它们环绕在旁，如一支支锐利的矛，一波一波向耳朵发动进攻，而可怜的耳朵，毫无招架之力。

某天晚上，我坐在书桌前写稿，关紧了门窗，但附近广场舞曲声依然固执地从门缝、窗缝里钻进来，让我的耳朵不得安宁。我甚至买了耳罩戴，但心里却感觉广场舞曲声依然萦绕在耳旁。最后，我彻底向这声音投降——是的，你赢了。

这时候，我无比怀念以前在乡村的那些夜晚。那时的夜晚，多静啊，整个村庄静得就像一面深邃的湖，一两声狗吠响起，就像一粒石子投在湖上，湖水泛起几圈涟漪后，村庄更加宁静。并不是万籁俱寂，灯下，是有草虫鸣的，草虫们在演奏交响乐，虽低沉却盛大的交响乐。

若在山间，"人闲桂花落，夜静春山空"，寂静得能听见桂花落地的声音。"空山松子落，幽人应未眠"，一粒松子砸在地上的声音，也能被一双宁静的耳朵捕捉到。

这是夜间的天籁。

即使在白天，村庄也是静的。"狗吠深巷中，鸡鸣桑树颠"，虽然牛声哞哞，羊群咩咩，但这一点儿也不让人生厌，只会让人感受到田园气息的浓郁。如果说耳朵有表情的话，那么此时安于村庄的耳朵一定是微笑着的，微笑的耳朵一定是安逸的，安逸如墙头上一只卧着假寐的猫。

若是雨天，坐在屋檐下，看雨打石阶，听雨打青瓦，耳朵是清爽的，心也是清爽的。此时，瓦是琴键，雨来弹奏。随着雨势的大小，这琴声时而低回，时而高亢，有时如小桥流水，有时又如战鼓轰鸣。窗外若是竹林，更美。雨打竹叶，风过竹林，沙沙沙，如蚕吃桑叶，如淙淙流水。

所以说，乡村的耳朵，是有福的。

乡村的耳朵也渴望进城，但当它进城后，才终于发现城市对自己来说意味着什么。当年，我没见过火车，跑老远去看火车，听火车咣当咣当驶过，为这宏大的气势所震撼。知道火车的终点是城市，于是对城市充满了向往。后来，长大后进入城市打拼，租房，住处离火车道不远，夜半时火车隆隆驶过，大地震颤，我从睡梦中醒来，再无睡意。曾对火车有过的美感，此时消失得无影无踪。

作家王开岭说，现代人的特征是：溺爱嘴巴，宠幸眼睛，虐待耳朵。"论吃喝，我们食不厌精、脍不厌细，华夏之餮，举世无双。视觉上，美色、服饰、花草、橱窗、广场、霓虹，所有的时尚宣言和环境主张无不在'色相'上下功夫。"

终于有一天，我的耳朵不堪这虐待，请求我能不能多带它到安静的地方去。于是，我常驱车出城，到郊外一座山上去，那里，林深、树密、鸟多、人少，我坐在青石上，看溪流、听松涛、听鸟鸣。

每次去，都是耳朵的一场盛宴。

茶　亭

◎陈志宏

　　赣南此行，坐七宝老弟的车，绕田村、白鹭等几个镇村跑了一圈，红土绿树，亮眼；客家软语，温耳；孩子们的热情，暖心。自是情深难忘。

　　山道上，惊鸿一瞥，透过车窗，一间古朴的亭子随眼入心，忙问："七宝，那间小屋子是……"

　　七宝老弟说："茶亭。"

　　见我情致盎然，他靠边停车，带我朝茶亭而去，边走边说："山里人做事累了，就可以到里面歇歇脚，喝口茶。小时候，妈妈带我去砍柴，扛在肩上累得不行，想卸下肩上的担子停下来歇口气。妈妈就告诉我，要歇就到茶亭去。有了目标，肩上的担子，就感觉轻了一些，一口气挑到茶亭。陈老师，我们这里的人，对茶亭感情特别深。"

　　哦，多有意思的茶亭呀！

　　这里是赣南，古道边，密林中，人烟稀少，横卧一间方方正正的小亭子，飞檐翘角，南北通透，是山野活色生香的人间，容蓄人与人之间的关爱。亭尖在绿影中飘荡，亭门在红土之上闪光。这是乡里乡亲的博爱之作，是熟人与陌生人交融的胜地，像是一首凝固的乡曲，无人弹拨，却响彻心间。

慈心如月，爱心如湖。有钱出钱，有力出力，大家心怀慈善，悲悯苍生，建造一间茶亭。从此，上山去，下山来，往来四方客，有个歇脚处，天涯荒旅，竟也能找寻到久违的归家感觉。

满含乡村古意的茶亭，以慈善和博爱的姿态，一立千年，灿然成景，是山野里的标志性建筑，是山民心中的歇息胜地。在我瞥见的那一瞬，如轻风拂柳，月映天心，那质朴的古道热肠，悄然入心来，捎来古悠悠的一片橘暖。

一间茶亭遗世立，人间宁馨而美好。

砍柴人、过路客，打这路过，进来，歇歇脚、喝喝茶、谈谈心、叙叙旧，放松疲累的身子，滋润干渴的喉咙，舒缓紧张的心情。山中茶亭，如清风拂来的梦，似细雨落下的歌，像一朵朵团云飘逸而出的古老的童话。

荒野无人，荒路有兽。但见茶亭一间，袅袅燃炊烟，盈盈流清泉。茶之香，饭之味，一茶一饭的情义，一生一世的安慰。

茶亭之味，茶是底色，温暖是亮色，色味俱全总关情。这里冬暖夏凉，遮风挡雨，夏有阴凉冬御寒。累了，进来坐坐；渴了，喝杯茶去；热了，乘乘凉来；冷了，避避寒去；晚了，困了，侧卧干草也能安眠。茶亭边有泉或井，有灶有柴，可烧水，能煮饭，是旅人临时的家，是农人移动的屋。有水解渴，有饭暖胃，荒野之上，夫复何求？

茶亭横卧山间，恰似彩虹一弯，刺啦刺啦，透着炫目的七彩，从历史深处走来，久经风霜，千百年来，温暖了多少人的记忆，鲜活成一道山间奇景。

茶亭茶亭心之亭，如莲一般，清清雅雅，盛放在每一个过往人的心中，馨香四溢。

怀抱一颗听雨的心

◎李丹崖

听雨，是怎样美好的情境。不在城市的高楼，楼台昂起的头颅太高，距离地面太远，只能听到雨打塑钢窗和雨棚的啪嗒声，这声音里，裹挟了太多工业化的气息；听雨，当在竹屋篷窗下，春雨淅沥，夏雨宣泄，秋雨沙沙，冬雨如凝，乡野茅舍，每一季雨声里，都有一位素人在窗前记录着，青灯黄卷，红袖添香里，都少不了雨声的浸润。

开轩，面前是一方姹紫嫣红的园子，花开得汪洋恣肆。在雨声里，花重，叶绿，草虫喑哑，雨洗的园子，因为这叮咚的雨声，打破了一片安谧。

闭门，哪里也不去，晴耕雨读，效法陶渊明："怀良辰以孤往，或植杖而耘籽。"这样好的时光，就应该一个人独处，在雨声里思考，在雨声里顿悟。天晴了，兴许有虹，挂在田畴的上方，好俊俏的一只发卡呀！扛着锄头、镐头下田，地太湿，只能在路边，以锄为杖，看雨后初霁，听禾叶上两珠滴落的声音，田野是一部大书，雨声做跋。

怀揣素心向小园，心远地自偏。若要思维走得深远，处在闹市，势必有些"为赋新词强说愁"的意思，还是要到田园里去，像郑板桥一样："茅屋一间，新篁数竿，雪白纸窗，微浸绿色，此时独坐其中，一盏雨前茶，一方端砚石，一张宣州纸，几笔折枝花。朋友来至，风声竹响，愈喧愈静。"多好的田园小景，似一枚枚册页，散落在词语的汪洋里，也醒目在我们的脑海里。

是的，听雨只是一种形式。我们脚下的土地是主调，雨只是它的背景，是一种和声。在雨声里，遮蔽一切的繁杂与喧嚣，用密密的雨幕织就一种安谧的心境，我自坐在自己的道场里，沉沉以思索，清新以创造。

我一直觉得，有些人灵魂里也是有些"雨意"的。譬如陶渊明、林逋、梭罗，他们为了一颗草木悠闲的心，用一种山野、湖光、草虫、四季所织就的道场，来圆满现实生活中的缺憾。俗世如荒漠，他们的灵魂里怀揣一场淅沥的小雨，把自己的心怀浇灌得滋润自在。譬如元杂剧《赵氏孤儿》里的程婴，为了救他人的孩子，不惜牺牲自己的骨肉，这是怎样的家国情怀？再譬如著名诗人苇岸，得知自己患有肝癌之后，也曾意志消沉，但在收到朋友海子的一句赠言之后，他觉醒了，释然了，果断走进乡野，专注于了解大地上的事情，写出了不朽的佳作，海子写给苇岸的话就是："忍受你必须忍受的，歌唱你必须歌唱的。"我一直觉得，这句话里是藏着一阵雨、一脉泉的，滋润了苇岸的余生。

是呀，听雨以阅世，这是何其幸运的一件事，有时间听听雨声，是何其奢侈的一段光阴。作家黎戈在《各自爱》里说："怀抱一颗听雨的心，才能安贫乐道。"这样一种安贫，是何其的心安和欢悦，这样一种乐道，是何其逍遥自在。

草木有情

◎乔兆军

　　乡下老伯有一个小院子，院内一年四季草木招展，鲜花簇拥。紫薇不紧不慢地开着，胭脂色的花瓣，摇曳多姿；凌霄爬满墙壁，撑开橙红色的喇叭，蓬蓬勃勃；茉莉花也开了，静悄悄地绽放着，使人想起那些棉麻素裙的女子，清雅洁净……每次回乡下，我都要到老伯的院子里坐坐，身在花团锦簇间，心也被染得明媚。

　　读晋人嵇含的《南方草木状》，在他的笔下，那些平凡的草木，可食，可药，也可寄情与赏玩。记得小时候，物质条件贫乏，我们平时有个头疼脑热，母亲就会采来草药，熬成药汤给我们喝，小毛病就好了。可以说，我们是在草药的呵护下度过了童年。如今那些草药的名字，还经常出现在记忆里，组成一片亲情的原野。

　　俗话说，人非草木，孰能无情？其实，依托大地而生的草木，最是有情。我们的生活，莫不和那些生长在山野间的草木有着千丝万缕的联系。花供人欣赏，叶为人遮阴，果实予人美味，木材更是影响了日常生活的方方面面。它们生命的每一刻，都会给我们布施恩泽，给人以启迪。

草木还象征着甜蜜的爱情。相思树、合欢树、红豆、枫叶……人们将其赋予了美好的含义。家喻户晓的神话故事《天仙配》，除了董永与七仙女外，还有一个角色至关重要，那就是他们的媒人老槐树。七仙女下凡变作村姑，要嫁给董永为妻，却无良媒，土地公公怕担责任而推辞，只有老槐树被七仙女的诚心感动，为其做媒证婚，董永七仙女遂成百年之好。

去五道峡旅游，见一棵槐生于柏树树干的裂缝处，两棵树合长在一起，天然形成，被称为"槐柏合抱"。《孔雀东南飞》有："东西植松柏，左右种梧桐。枝枝相覆盖，叶叶相交通。"舒婷在《致橡树》中，借助橡树和木棉这一组艺术形象，热情地讴歌了爱情。

草木是一方深沉的湖，永远在文人的心里驻守。打开《诗经》，弥漫着清雅的草木香。"昔我往矣，杨柳依依……""桃之夭夭，灼灼其华……"陶渊明在《饮酒》里也写道"青松在东园，众草没其姿"，一片青翠的竹林，为嵇康等七人搭建了一处心灵栖息之地。他们在竹林下，打铁、喝酒、纵歌，肆意酣畅，世谓"竹林七贤"。三毛说："如果有来生，要做一棵树……"

草木的生命姿态与品格精神早已入心。唐人张九龄有诗云："草木有本心，何求美人折。"草木不为博得美人欣赏而去取悦于人，而是顺应自己的"本心"，随遇而安，从容宁静。草木这种抚慰人心的力量，这种安静的、无争的气质，为人类带来的好，值得我们深深感恩。愿做世间一株平凡的草木。

昨夜西风凋碧树

◎张云广

暮春有落花，深秋有落叶。选两句古诗词来渲染一下：宋人欧阳修词云，"雨横风狂三月暮"；宋人柳永词云，"昨夜西风凋碧树"。

每到暮春，常常想起的是欧词中的那位闺中少妇。深深庭院，静锁一人。任凭人上高楼，那堆烟似的杨柳依旧是，遮住了热切的望眼。唯有院中秋千与花朵，可以暂且慰藉一颗空寂的心灵。

阳春三月的风雨突至，狂风把美艳的春花吹落吹残，横雨又把花身打湿打上了泥巴。曾经年少轻狂的我，一度把面对此景的词中女主人公"泪眼问花"的行为视作矫情之举，直至深度阅世之后，才意识到，人之命未必比得上花。林黛玉的《葬花吟》里有言："桃李明年能再发，明年闺中知有谁？"

说到底，古人惜花和惜春，都是在惜人。韶华虚掷，岁月空添，是世人不能承受之暗伤。即使英豪如辛弃疾者，也吟出了"惜春长怕花开早，何况落红无数"的慨叹。

相较于暮春花落之感伤，深秋叶落显出的则是一种性情成熟的静美。一夜秋风，吹落了不少的树叶，平铺秋叶的院落总是别有一番情韵。

枣树、榆树和槐树的叶片狭小，双脚踩下去，踩出的是软绵绵的触感和簌簌轻响的声音。挥动扫帚打扫时亦然。柿子树、核桃树特别是泡桐树的叶片宽大，水分消散殆尽的叶子堆砌地面，两足踏上去，踏出的是干而脆的触感和哗哗作响的声音。挥动扫帚清扫时亦然。

学生时代，卫生委员问我是打扫教室还是打扫清洁区，我的选择一直是后者。喜欢打扫清洁区的理由可以有许多种，我唯一的理由是我喜欢落花，也喜欢落叶。记得中学时代，轮到值日的那一天，我会早起去学校，与同学们一起手持扫帚，把校园里一棵棵泡桐树下宽大的落叶扫成一堆复一堆，再把它们砌成一个更大的落叶之堆。接着燃起一堆篝火，我们就围着噼啪作响的火堆狂欢。

落叶不扫则更见一种诗意。羡慕宋人曹勋山居的那个庭院——"寂历秋风晚，闲庭落叶深"。羡慕宋人陆游穿行的那条街巷——"晓行城南路，落叶满阡陌"。也羡慕唐人贾岛经行的那座美丽京城——"秋风生渭水，落叶满长安"。被落叶覆盖的庭院、巷陌和城池都无一例外地染上了秋之静美。

不过，要想游赏最为静美的落叶，还需移步去一座空山。唐人皎然去了："秋风落叶满空山，古寺残灯石壁间。"宋人吴潜去了："为谙世上空花景，最喜山中落叶秋。"宋人释行海去了："夜寒不作东归梦，坐听空山落叶声。"

原来，静美的境界里不只有诗意，更有禅意。拥此禅意入眠，再无尘世惊扰。宋人饶节就曾有诗云："挽石枕头眠落叶，更无魂梦到人间。"真是一位潇洒出尘之人！宋人李洪也享用到了这份禅意，其诗有云："阶前落叶无人扫，满院芭蕉听雨眠。"人生若能长久闲乐如此，夫复何求呢？

落叶从来不必全是感伤的意象，也从来不必全是伤感的诗句。西风落叶里，别有一种情味蔓延弥散。何况，秋天即将随西风落叶走到尽头，百花争艳的春天还会那么遥远吗？

其实，那位据说享年一百余岁的唐代高僧寒山早就告诉了我们对待深秋的最佳方式和心态——"秋到任他林落叶，春来从你树开花"。

素

◎清 心

　　不到一定年龄，是不会喜欢素的。

　　年轻时，只钟情于热烈。身体和灵魂一起燃烧着，如夏花般，只知满怀激情地盛放。

　　人生四季，青春最是明媚浩荡。光洁的额头，好奇的目光，揣着一颗不安的心，喜欢一切有光泽的事物。当然，也仰慕有光泽的人。每天，最喜欢的事情是照镜子。总是打扮得花枝招展，希望自己如同灿然开屏的孔雀，是茫茫人海中最不平凡的那一个。

　　还有爱情。年少时，情是浓的，心是乱的。仿佛那个人就是自己的整个天空，整个世界。那份纵情的燃烧，像四月的桃花朵朵，以最放肆缠绵的姿势，艳到了极致。

　　只是，再浩荡的春天，亦不过是冬的伏笔。春有多艳丽，就有多短暂。行走在红尘陌上，花开花落，四季流转，所有的流光溢彩，终究复归平淡。

　　爱情又何尝不是？

　　再好的茶，喝着喝着就淡了。再浓的情，走着走着就浅了。微风徜徉，流云自在。浅浅淡淡间，一颗心渐渐素下来。

渐渐偏爱素食。食量亦慢慢减少。从吃饱，到八分饱，最终到五分饱。据说，昆虫在蛹状态时吃得最多，发育成熟后却吃得很少。事实证明，凡事都是习惯使然。当你习惯了五分饱，多喝半碗粥肚子都会发胀。

看人物传记，发现不少名人都是素食主义者。比如梭罗，这位以《瓦尔登湖》闻名世界的传奇人物，不仅一直只吃素食，还是生态保护的倡导者。据说，曾经有个农夫劝他不要光靠吃蔬菜过活，这样身体会缺钙。梭罗笑着反驳道，正在替你耕作的壮牛不就是只靠吃牧草得来的营养，发育出健壮的骨架及坚强的耐力吗？

事实上，自觉的素食主义本质就是一种节制与自律。著名演员陈道明说，做人的最高境界是节制。这个年代，放纵和享受都很容易，唯独节制是难的。节制是一种修行，通过克制和约束，得以遇到更好的自己。

开始喜欢素衣。简单干净的浅色，素面朝天，不施粉黛，那种接近本色的自然，似春日清晨的一缕风，怎么闻都是芬芳的。

素，多美好的一个字。犹如挂在天边的明月，拥有着世间纯然如水的宁静。

字典里，素是白的。据说，历史上很多书画作品，以及清代蜀、湘、苏、粤四大名绣都是以白色生绢为依托创造出来的。试想，在洁净的白绢上写字作画，与在纸上涂抹肯定是不一样的。白绢黑字，写不好这块布就废掉了，因此，提笔时会更为慎重和珍惜。如今，科技发达到已经可以用电脑作画了。感觉，那些可以随时涂鸦或更改的笔画以及色彩，看起来更像操作，而不是创作。

其实，不论素食还是素衣，归根结底，还是源于一颗素心。旅行时，曾遇到过一位复旦毕业的大学生，不到三十岁。远离都市，来到一个依山傍水的小山村定居。短发，不化妆，穿米白色的棉麻衣裤。在院子里自己种蔬菜，在屋后开辟了大园子，种上可以生长的各种果树。平时，生活极简单，不上网，不聊QQ。每天，像农妇一样，日出而作，日落而息。她说，人的生活是自己创造的。现在的她过得很幸福。没事的时候，看园子，听雨声，吃自己种的瓜果梨桃干净蔬菜，与小鸟聊天，每一个日子，都是一朵一朵的花开。

临别，她出来送我。蓝天下，她身着一袭素衣，身后是茂盛蓊郁的果树。那一刻，忽然发觉，真正有魅力的人，自身就散发着与众不同的光辉，根本用不着刻意去修饰。

行吟山水，一梦千年。看过姹紫嫣红，见过秋水长天。如今，年近不惑的我，唯愿洗净铅华，守一扇小窗，看花开花落，品云聚云散。

就这样吧。时间的河流里，渐渐让自己活成一朵云，洁白一身，端静安素。

素食，素衣，素心，素生活。安危，安乐，安福，安自在。

境界之美

◎王昊军

向来不喜欢灰色和黑色这两种颜色，我总是觉得这样黯淡的颜色，不论是在眼前铺开，还是穿在身上，都仿佛阴暗下来的天色，让人的心境难以明媚起来。

不过，那次去南方旅行的时候，坐在火车上，透过车窗向外看风景，天色灰蒙蒙的，远处是连绵不断的青山，在灰蒙蒙的天色映衬下，青山却显得格外动人。那迤逦于灰蒙蒙的天色之下的如黛的青山，虽然没有盈盈欲滴的碧绿，但是，看上去似乎更有着妩媚的青和丰富的美，凝重、安详、端庄。那是一种动人心弦却又洋溢着别致丰韵的美，弥漫着难以言说的妖娆气息。我的心中涌起了无尽的欢喜，忍不住暗自感谢这灰蒙蒙的天色，将如黛的青山无比生动地呈现在了我的眼前。

如此妖娆动人的青山，使我一下子沉浸在唐诗宋词描画的美丽意境中，江南之地，吴山青青，越山青青，两岸青山相对迎，让人岂能不动情？分别在即的人在这样的情境中，怎能不是君泪盈、妾泪盈？相知的人在青山碧水旁别离，彼此执手相看，泪眼婆娑，然而天不作美，尽管相知，却离别在即，实在是叫人肝肠寸断。而就在此刻，两岸青山无语，倒映在碧水里，青山碧水也成了浓得化不开的离愁别绪了，让我无限哀婉。深情的相思总是绵绵不断，怎能不令人感慨？然而，亦有志向高远之人，其心不在于儿女私情，不在于功名富贵，只觉青山绿水与自己的情怀相宜，于是，便寄情于山水之间，以山水为伴，度过一生。

年轻时曾经让人动情的那一个人，怎能轻易忘怀？那些曾经无法最终拥有的爱，犹如美丽的昙花灿烂了沉静的夜色，成为心中最难忘的记忆。人在红尘，世事茫茫，爱与不爱也许都要向前跋涉。即使是种梅养鹤，寄情于美丽动人的青山碧水中，却也是另一种充实丰富的人生。

我是一个极其喜欢各种缤纷色彩的人，胭脂红、象牙白、秋香绿、柳黄、葱青、碧蓝、黛紫、藕荷色，各种各样美丽动人的色彩，对于每个人来说，真的是一片片旖旎的风景，对于我，也是如此。

比如胭脂红，我就格外喜欢。"胭脂"这两个字，和"红"搭配在一起，用在颜色的名字上，比大红或粉红都要生动许多，看到胭脂红这三个字，就已经让我心生喜悦了。

一直觉得秋香绿这个名字也是那么好，"秋香绿"，每次念出这个颜色的名字，就像呼唤一位才情俱佳的女子一般，"秋香绿，秋香绿……"一声声，一声声，在我看来，这是那么亲切而生动。我当然也知道，这个旖旎多姿的"秋香绿"的名字，别人听来可能是很平常的，可是，我却在其中感觉到了诗意之美。

柳黄这个名字也是那么好，让人想起了初春的嫩柳，也让人想起了情窦初开的爱，刚刚萌生出的情思，像嫩柳一样鲜美，像嫩柳一样羞涩。

还有象牙白的莹润，葱青的碧翠，碧蓝的明朗，黛紫的浪漫，藕荷色的清雅，这样的名字，这样的颜色，都是那么楚楚动人。

在我的内心深处，有着一片田园，美丽而安详，里面有素淡的小花，有青青的芳草，细细的风吹过，就会弥漫起一缕缕清新淡雅的芬芳，这芬芳是极浅极淡的，然而，却又是无比生动的，因为，这是我的一瓣心香。

走过少年的时光，那些年少的记忆还没有完全消失，生命的成长让我变得沉静如池中一朵从容的莲，清幽、淡雅，向往着幸福和美好。

在生命的时光里，我渴望能和知心人一起赏花赏月，看雨看云，听水听风，欢喜、自在，如此，则足慰平生。

欢喜自在，无愧于心，是人生的美好境界。我向往，我喜欢。我也会努力朝着这种境界前行。

有了心中的喜欢，有了美好的灵魂，处处皆是旖旎的风景，处处都是动人心弦的桃花源。

境界，其实真的都源于一颗心对于世界真切的爱和感知。

真的，在我的内心深处有一片田园，那里有着无限美好的境界，那是我对这个世界真切的爱。

这就是境界之美。

境界之美，其实就是自然之美和生活之美。

一粒一香

◎苗向东

一次去吃日本料理，看到吃生鱼片很有讲究，先吃什么鱼，后吃什么鱼，口感是不一样的。而且我很好奇，生鱼片旁边会放一些姜片，这是干什么的呢？原来吃一块儿生鱼片后，再吃一片姜，目的是为了洗净口腔里的味道，这样再去吃下一块儿生鱼片，才能吃出味道来，否则很容易串味。

后来上饭了，主人说："我这饭特别好吃，是日本电饭煲蒸的。""这有什么特别的吗？"主人说："这饭特别香。"当我端起饭来一看，就觉得那每一粒饭都那么精神而且饱满，品尝后，觉得确实又香又甜。主人笑了，说："高手吃每一粒米饭都觉得不一样。"这话我就觉得有些夸张，因为在我们看来，只有一种米与另一种米、一碗饭与另一碗饭不一样，哪有同一种米、同一碗饭里的米饭"一粒一香"的。

一次一位企业家到一寺庙去修炼，在用餐时，法师要求大家吃饭一定要把碗端起来，要细嚼慢咽，由于那菜就是清水煮豆腐，可以说没有一点儿味道，很多人都觉得那饭难以下咽。可是法师却笑着说："你们吃出了饭香味吗？"只有极少数人说香。法师说："这饭，要一粒一粒吃，能够'一粒一香'，才是修炼到家了。"弄得大家都"啊!"地叫了起来。法师说:"不是说'粒粒皆辛苦'吗,其实'粒粒皆美味'。正如'人不能踏进同一条河流'一样,每一粒米的味道都不一样。"经过几天的修炼,下山时,法师总是摇头,因为大部分人基本上都白学了,因为仍然没有达到"一粒一香"的境界。这让企业家很受启发,此后很少山珍海味、大吃大喝,而是一人静静地吃饭,努力从吃饭开始修炼。

现在我们似乎不太重视吃饭了,或者说"口味太重",觉得饭不过是填肚子的,菜才是用来品味的。现在太多的人,觉得饭是没有味道的,是难吃的。没有好菜,就吃不下饭,根本就没有品出饭的香味,吃饭都是狼吞虎咽,囫囵吞枣,这都是"快"的结果,所以失去了很多。

佛家有一句话:"幸福即是吃饭时吃饭。"当吃饭成为一种痛苦,是对一个人最大的刑罚。幸福不要什么山珍海味,只要一顿最普通的饭食。好好地吃一顿饭,吃出每一碗的饭香,甚至是每一粒的不一样,这是多大的福气啊,也才会觉得这世界有太多值得我们珍惜的。

吃饭时,我们常听到一句话:"请慢用!"西方社会出现了慢食运动,教课的食品技术专家说:"这意味着你甚至在品味食物上都失去了美妙的多样性。"意大利的"慢一族"喜欢每天花两个小时来吃午餐,传统意义上的意大利午餐是一件非常悠闲的事。要品尝到饭香,就要慢用,以感情、情绪去感受食物,感受每一口、每一粒的香气，欣赏每粒米饭的甘甜，品尝吃进嘴里每一粒米饭的不一样，让它在慢条斯理中，细嚼慢咽中，为你酿造美好。

吃饭可检验人的身心状态，凡是吃饭不觉其美的人，表示已难享受人生的平凡与平淡，也就是说，他离幸福愈来愈远了。如果要让你的人生成为佳酿，请在吃饭时一粒一粒品尝，珍惜每一碗米饭的悸动与感动，要在每一颗朴实清香的饭粒里品尝到甜。

再盛大热烈的生活，其实到了最后也只是一粒一香的恩赐。饮食和人生大都是以一碗白饭的"一粒一香"的姿态慢慢地灿烂下去的，进而深化对白饭、对生活的情，升华对白饭、对生活的爱。

东篱有菊

◎代连华

东篱有菊，开在古人的诗词里，隔着千年光阴，依然芬芳无限。先有陶渊明吟出："采菊东篱下，悠然见南山。"后有李清照的："不如随分尊前醉，莫负东篱菊蕊黄。"而诗人白居易也感慨吟出："耐寒唯有东篱菊，金粟初开晓更清。"

古人为何钟情于东篱之菊呢？细细想来，朝阳升起时，恰恰照在东边篱笆墙下，阳光温暖，菊开得意，纵然是九月微凉，却花韵悠扬。于是东篱菊花，绽放在每一首诗词里。

儿时，住在乡村，南园里种有菊花。当繁花开遍枝叶凋零时，菊花却恣意绽放。那时，菊花只有黄色，大朵大朵吐着芬芳，爷爷钟情于菊花，但并不像古人那般风雅。

菊花盛开时，爷爷不以为意。菊花枯萎凋零时，爷爷才紧张起来。取一张苇席，铺在菊花丛下，菊花瓣落在苇席上，爷爷小心收起来，放在背光的地方晾晒。而在晾晒过程中，总会引来许多小虫子，于是，驱赶小虫子的重任，就落在我头上。

每天，我都要挥舞着大蒲扇，与小虫子周旋，然后看着鲜活的菊花瓣，一点点风干直至枯萎。爷爷将菊花瓣放入布袋里，挂在房梁上，一半用来泡菊花酒，一半用来做菊花茶。

古人虽钟情于菊花，也只是站在篱笆前赏花吟诗，而爷爷却物尽其用，比古人更懂菊花。否则，菊花便只能零落成泥，即使香如故，却再无美感可言。

冬季里，大雪纷飞。爷爷坐在火炉前，温一壶菊花酒，敲一枚咸鸭蛋，清贫的日子，在酒香中变得有滋有味。偶尔会有客人来，爷爷就会沏上一杯菊花茶，淡黄色菊花瓣在水中曼妙起舞，而茶香渐渐弥漫开来，空气里飘逸着俗世里的温暖。

有位女友爱菊，整幢阳台被菊花占领，每到春暖花开时，遥望别人家阳台都是繁花簇簇，而她的菊花枝叶葱翠，迟迟不肯绽放娇颜。我劝她再种些别的花卉点缀空间，她却独守着菊花。

九月里，菊花次第绽放，红黄紫三色，蓬勃开满阳台。别样风景，是耐得寂寞方能拥有，而菊花品性，亦如执着的女友。女友是位教师，兢兢业业教课，对评职晋级没有任何兴趣，即使工作突出面临提拔机会，她也是毫不犹豫地拒绝。女友说，只有和孩子们在一起才觉得踏实。有友如菊，也是一种幸福。

菊花耐寒，世人皆知，而野生菊花，更是不惧霜雪。

有一年，去山里朋友家小住。正是十月天，山里飘着薄薄的雪花。山坡上，雪花覆盖着一簇簇盛开的野菊花，菊花黄如金，雪花白如云，交相辉映，赏心悦目。朋友遗憾地说："野菊花虽美，却移栽不得。因花性豁达，且喜风雪浸染，才更显卓尔不群。"如此美景，并不常见。于是拍照留念，欣喜不已。

每年菊花展，总是要挤着去观赏的。展厅里摆满菊花，令人目不暇接。菊花花色斑斓，花形也是千奇百怪。但是，经过修剪的菊花虽然美艳，总觉得多些浮华，缺些灵气，不如篱笆墙下的菊花朴实自然。如果古代诗人们穿越而来，且徜徉其中，怕也吟不出绝世佳句来。

菊花淡然绽放，不仅供人观赏，还有着极其珍贵的药用价值。儿时，曾患有眼疾，爷爷将菊花摘下来，放在泥罐里熬汤给我喝，虽然味道不是很好，但几天之后，眼疾却痊愈。后来在药书里读到，用菊花治眼疾，古来有之。

"问篱边黄菊，知为谁开？"诗人秦观仕途坎坷，无限惆怅，于风中独立篱笆前，问菊为谁开？菊花虽无语，但风送花香，菊香飘满衣袖，便是最好的回答了。

菊花是朴素温馨的，于百花凋零之后，独傲霜天，以清幽淡雅之姿容，浓郁芬芳之花香，为荒凉之秋增添亮丽色彩。

东篱有菊，芳华绝世。

一 炉 暖

◎莺 时

北方的冬天冷得瘦骨嶙峋，所有盈润饱满的生机都迅速干瘪下去，只剩下皮包骨头的一把寒意。

往年最舒服的时候，就是爷爷在低矮的砖房里，蹲在泥炉前，燃一炉木柴，火苗腾腾地蹿出炉膛，那呼啦啦的声音听得满耳朵都暖烘烘的。我们围在炉边伸着小手烤火，火光映在脸上，最是温暖。

爷爷坐下来抽一袋旱烟，指着那热腾腾的一炉火，跟我说，丫丫，和你生辰对应的命格，就是炉中火。

那个命好吗？原野上的大火才厉害呢！

小孩子不懂事，炉中火当然好，风吹不着，雨淋不着，在炉膛里烧得旺旺的，多自在。

初时不懂，后来读诗，读到"绿蚁新醅酒，红泥小火炉"时，才知道那一炉火是真的妙。万籁俱寂，暮色苍茫，围着朴拙的小火炉席地而坐，以冰雪下酒，炉火为肴，燃一炉千年前的沉香，酒入愁肠，陪君醉笑，暖身亦暖心。

静心想想，这一炉暖可真是暖到了心底。

又到寒冬，暖气早早地通了，空调也呼哧呼哧地喷着热风，再也不用乌烟瘴气地烧柴。我们大把的时间用来工作、洽谈、对着电脑处理文件，在温暖的办公室里，在自己的小隔间里埋头苦干。可总觉得还是缺少了点什么。

直到我看到一个故事。

故事发生在国外，一个年轻人靠捕鱼为生，打几天鱼，然后在家休息几天，旅行或宅在家里清闲，正好维持一家人的生计。一天，有人给他提议，可以多打点鱼，多出去卖，甚至可以经营一家店，把鱼销往更远的地方，赚更多的利润。

年轻人觉得惊讶极了！我现在可以维持生活，又可以陪伴家人，做自己喜欢的事情，为什么要离开家人，独自去赚那么多钱呢？

人生有一种成功，叫作陪伴家人。

就像那一炉火，它没有燎原之姿，也并非轰轰烈烈，但能够安心在炉膛里，燃出自己的光和热，盛上一捧雪中之暖，又何尝不是一种惊艳。

幸福，就像这一炉暖，在沁凉的清早，热腾腾地熬一锅香甜的米粥，用细腻的青花瓷碗盛出，那是给家人最暖胃的美食。油烹焖烧，清炒小菜，绿莹莹里添一匙碎碎的胡萝卜丁，再来一份甜点，那是给孩子最可口的佳肴。煮一壶白开水，沏一杯清茶，细嗅悠悠的茶香，那是给枕边人最暖心的饮品。

细看周围的人群，才惊觉每个人其实都像这一炉火。上帝给了每个人一个炉膛，我们在里面长歌善舞，妖娆绝艳。炉膛一定程度上限制了我们，但因为炉膛我们才得以时时燃起，时时给人温暖。

于是每到寒冬，心里总会热烈地燃起一炉暖。

把寒冬暖成春意，把困苦暖成甜蜜，把恐慌暖成心安，把日子暖成诗篇。

第二部分

世间味

世 间 味

◎马 浩

味，即味道，亦可以理解为某种气息，它充斥于这个神奇的世界，似乎在传递着什么，它传递的路线，便是味之道。那是一条无形而神秘的路径，只有对味的敏感者，方能看清楚这条途径。

一朵花的绽放，必会释放自己的气味，在空中满天挥洒。一条条路径铺向四面八方，蜜蜂嗅到了，便从四面八方飞赴过来，它们飞赴的途径，便是花的气味的线路。自然翩跹的蝴蝶也不会缺席，还有一些不知名的昆虫，花儿需要它们传递它的信息密码，没有它们，花就会在这个世界消失。当然，蜜蜂、蝴蝶以及一些不知名的昆虫更需要鲜花，它们的价值，可以通过花儿得以实现。

人也是需要鲜花的，更多的人亦是花的知音。走在春天的旷野，淡淡的花香飘来，从花香中，你可以判断，花香的源头，目光逆着花香的来路，人自以为很得意，却不知道这是花的预谋，它们有意识地，用如有似无的花香，勾引着人类的注意力。人果然上当，花暗自发笑，可它们也失算了，以为自己的娇艳、馥郁的气息，会得到人们的珍惜。事实的情况是，有的人却伤害了它们，也许是出于太过的爱，抑或是有意识地戕害它们的美，无论是出于什么样的心态，可以肯定，那些人都不可能成为花的知音。

春天，也有着春天的气息，有人误以为，花的气味便是春天的味道，其实，那是诗人们的一厢情愿。春天的味道，来自地气，有经验的老农最为熟悉，还是冰天雪地的时候，很多人惧冷畏寒，还待在空调房里，老农却肩扛着一把铁锹，走在冰冻的田间。在田野里随地挖上一锹，土地被铁锹挖开了一个小小的缺口，就是这个缺口，把春天暴露了出来，老农看到袅袅的雾气从缺口逸出，便知道，春天就在土下一锹的深处猫着。

春天真正的知音，不是口中念念有词的诗人，而是木讷少言的老农。老农说不出"杏花枝头春意闹"，却能把深埋在泥土里的春天给耕耘出来，撒下种子，让种子替他们表达喜悦，传递着感恩的心情。

鸟儿的气味，大约来自它们的歌喉，枝头的鸟儿，一声啼鸣，便会引来百鸟呼应，它们在闲聊，还是对歌寻偶？好鸟相鸣，嘤嘤成韵。大雁在天空排着雁阵，它们敏锐地感知了季节更迭的气息，便向着温暖的地方迁移，于是人们便看到空中奇观，大雁或排成"人"字方阵，或摆成"一"字形状，在人们眼里，无疑充满了美感。大雁并非以天空为舞台，来取悦人的眼球，不过人们可以从中嗅到什么。

大千世界太过神奇，大概皆源于世间万事万物各自所散发的气味。人，自命为灵长目，自然更是如此。人们通常喜欢用一个"缘"字，来表达气味相投者。所谓"物以类聚，人以群分"；所谓"有缘千里来相会，无缘对面不相识"；所谓"酒逢知己千杯少，话不投机半句多"……

俗话说，人心隔肚皮。其意是说，人心难以猜度。其实，事情并不是那么复杂，人与人之间的关系，猜度是没用的，有心栽花花不开，有时，只需只言片语，或一个不经意的眼神，或挂在嘴角一丝笑意，或无意间的举手投足……心扉便会轰然而开，绿柳成荫。所谓心有灵犀，味道对了，一点即通。

世间有味，可用心细细品味，那是一条通往心灵的捷径。

万物有灵，每一次遇见，无不是灵魂的交汇，都会别有一番滋味在心头。

遇见一场美丽的意外

◎王风英

　　我相信，人生就是一场漂泊的漫游，遇见谁都是一场美丽的意外。就如同我遇见文字，并与之结缘。

　　总是感叹时光如白驹过隙，回想起来，我与文字一起驰骋也有八年之久，也曾尝试过各种不同的题材，但最让人感动的，依然是生活中那些琐碎而纷繁的爱……无论是闪烁光辉的美德、涤荡心灵的历练、发人深思的智慧，还是带给读者无尽感动与启示的美好情感，都终将是我生命中最珍贵的遇见。

　　张爱玲说："于千万人之中，遇见你所要遇见的人。于千万年之中，时间的无涯的荒野里，没有早一步，也没有晚一步，刚巧赶上了，那也没有别的话可说，唯有轻轻地问一句：'噢，你也在这里吗？'"人生中的遇见，本就是一份意外的惊喜。风尘仆仆中，我们总会邂逅一份份安静的美好。

　　就像我的朋友小安一样。那一年，她的人生跌到了低谷，工作上遭遇瓶颈，要好的朋友去了外地，而和她相恋多年的男友也弃她而去。于是，她每天都煎熬在心灰意冷和感情绝望的境地，精神极度萎靡，自卑孤独，形单影只。那天，不知不觉中，她登上了一座高高的山顶，俯瞰山下，出现在她眼前的除了绿色的植被，便是深不可测的沟底，那一刻，只要她轻轻地跃下去，她就会融化在这无底的深渊里，而所有的烦恼也会随之而去。可是，突然间，她的眼睛仿佛凝固了一般，就那样与对面山崖上的一簇花不期而遇。这簇花娇艳、安静、美好，就那样傲立在山崖，不畏风吹雨打，不惧炎炎烈日，向她绽放着阳光般的微笑。也就是那一刻，她的世界一下子春暖花开，一种崭新的生活也开始向她频频致意。原来，人生苦旅中的相遇，竟是那样美丽。

人生中的相遇，本就像流星一般，纵然是一瞬间的碰撞，也会迸发出令人炫目的火花。那一次，我出差到另一个城市，刚下长途汽车，我突然觉得胃一阵绞痛，就在我疼得死去活来的时候，一个穿白衬衫的男孩从我的对面款款走来。男孩在经过我身边时，可能看到了我痛苦的样子，便问我："看你脸色那么差，是不是哪里不舒服？"我说："我胃痛得厉害。"听完我的话，男孩二话不说，急忙上前扶住了我，说："走，我送你到医院。"接下来，在医院里，挂急诊、吃药、输液，一直折腾了半天，我的胃疼才渐渐好转。等我们从医院出来时，男孩这才突然想起了什么似的说："坏了，今天有个招聘会，我得赶紧走了。"就这样，我还没来得及说感激的话，没来得及还男孩为我垫付的医药费，也没来得及问男孩要电话号码，男孩便一溜烟消失得无影无踪了。后来，我也曾多次到这个城市寻找男孩子的踪影，却再也没有遇见过他，虽然有些遗憾，但我依然感谢上天赐了了我这么 段美好的相遇。

生命里总是有太多美好的相遇。大街上，川流不息的人群里，当一张陌生的面孔向你报以微笑，那微笑，总能让你由相见不相识的泾渭分明顿时化作触手可及的温润；风雨里，当你狼狈地四处躲避风雨，不知不觉中一把花色的雨伞，为你遮挡了所有的风雨，那一刻，你的心仿佛就像遇到一棵会开花的树，朵朵鲜花绽放在你的心里；茫茫人海中，你遇见了谁，谁又遇见了你？原来，这人世间所有的行走，只是为了美丽的遇见。

人生路漫漫，我们依然会遇见一份份安静的美好，烟雨红尘中，我愿在时光的隧道里，安静地守候那些遇见，安静地温暖那些遇见，而后在一份份美丽的遇见中，寂静欢喜。

初 夏

◎李长菊

初夏是一个让人很容易忘记不快的季节。整个世界一片葱茏，绿深得像海，人被浸在里面，似乎只剩下了呼吸的本能。所以，这个季节，不容易悲伤，不容易彷徨，不容易回想，如此一来，它的好处就是让人很容易忘记一些东西。

但是，总有什么，引领着你让你不由得去深思。

蛙。

只不过一场小雨，它们就不知从什么地方钻了出来，大肆宣扬着自己的歌喉，全不在意有没有人听，有没有人鼓掌。

记忆中的初夏夜晚，那是蛙的天下。村子的池塘里，路边的沟渠里，只要有水，就有它们的歌声。清脆婉转，在夜的寂静里铺展开来，不急不躁，不温不火，不同的曲调，不同的节拍，混在一起。

喂哇——喂哇——

喂哇——

呱——

它们是夜的羽翼，虽然色彩不同，形状不同，但目的却只有一个，那就是让夜在静寂中飞翔，飞到每一个听者想要它飞去的地方。随着它们羽翼的扇动，那些平时隐匿在心灵深处的地方渐渐明朗。所以，我总觉得那时的人容易感到幸福，因为每年的初夏，他们都能找到自己的灵魂要去的地方。他们有时间，有地点，去追寻。这样的追寻可以是群体的，也可以是单独的。有人就喜欢吃过晚饭后，拿了板凳到街上。没有路灯，照亮他们心灵的除了星光月光就是浓到发亮的蛙鸣。

初夏是一个疯长的季节。

不论什么植物，只要扎下根，就拼命地往四处伸展自己的枝叶，拼命把阳光据为己有。它们的疯，很让人伤脑筋。野草，刚刚锄下来，一场雨后，它们又挣扎着挺直了腰身，四处张望着，窥视着周围的动静，然后在人歇晌，闲聊的空当，重新占据地盘，扩张自己的领地。毫无畏惧。

从生命的意义上来说这很值得提倡，但人往往都是利己的，庄稼长旺了开心，野草长疯了那却是万万不能容忍的。

蔬菜就没有这样的尴尬了。特别是藤蔓植物，待遇更是不一般。春天时还像听话的婴儿似的南瓜、丝瓜或是冬瓜，到初夏已经长成八九岁的孩子，俗话说七岁八岁狗也嫌。它们像淘气的孩子，随意伸展自己的躯体，周围有什么东西，它们就去纠缠什么，树、石头、墙壁，甚至是其他蔬菜，比如茄子、辣椒什么的。它们却全不管这样的纠缠会带来什么后果。为了让它们尽情地展示自己爬架走台的能力，人们只好用木棍、树枝，在它们周围搭个架子，然后把它们张扬淘气的藤蔓，缠绕在架子上。令人开心的是，它们还算是听话的孩子，你只要给它们搭好了架子，它们就会按你的意愿，自在地在藤架上爬。嫩生生的秧梢，就像前线上的战士，走在最前边，它们往往微微昂着头，匍匐着前进。身后的藤蔓们，就像后续部队，忙着安营扎寨，该开花的开花，该结果的结果。那些幼小的瓜，先是躲在花后，等到花谢了，它们就像挣脱了襁褓的婴儿，尽情地舒展着四肢，肥嘟嘟、肉鼓鼓地晒着太阳、吹着风。它们早晨似乎才有手指头那么大，到了傍晚，就像大拇指了，几天不见，就会吓你一跳了。此时，整个藤架已经被绿色淹没了。那些腐烂发黑的木棍、枝条，好像都复活了似的，开着花，结了果。想必它们也是愿意这样吧，这总比在风雨中独自腐烂要好得多呀。

夕阳西下，该做晚饭了，此时的瓜架沐浴着夕阳，像一座仙山楼阁，黄灿灿的花，肥嘟嘟的瓜，叶绿得淌油。

此时，尽管蝉还少，但是叫声已经响亮。偶尔，它们的声音会从树缝中低落下来，砸在耳畔。夏天了吗? 夏天了。

盛开在江南烟雨里的油纸伞

◎积雪草

在我的印象里，江南的油纸伞总是跟爱情相关的。若不是因为一把油纸伞，那个千年不老、那个缠绵悱恻的爱情故事，还会不会发生呢？

驿外断桥边，千里长堤旁，绿柳丝绦，杏花烟雨。江南美，烟柳雨朦，像一滴水墨在宣纸上洇染开来，穿长衫的书生许仙，在断桥被一场及时雨打湿了，美丽温婉的白姑娘恰好出现，借给他一把油纸伞，于是，借伞还伞，往来反复，书生和姑娘之间演绎出一段让人为之断肠的爱情故事。

油纸伞，和江南的绵绵细雨密不可分，长街曲巷，黛瓦粉墙，青青的石板路上盛开着一朵朵美丽的伞花，伞花下或一个人踽踽独行或两个人并肩漫步，雨滴顺着伞檐滴滴答答，淌成诗行。

那年去江南，在一家工艺品店里偶然与油纸伞相遇，心中除了惊喜还有惊艳的感觉。

惊喜，是因为诗人戴望舒的笔下曾经那么温婉地描绘过油纸伞，为我们描绘过那样一个温馨的场景：撑着油纸伞，独自彷徨在悠长又寂寥的雨巷，我希望逢着，一个丁香一样的，结着愁怨的姑娘。这样的场景激起了年少的我，对油纸伞和油纸伞下的故事全部的遐想。

除了惊喜，再有就是惊艳，因为那些油纸伞美轮美奂，精美绝伦，瘦竹为伞骨，油纸为伞面，伞面上描绘了各种花卉和图案，颜色更是让人欢喜，忧郁的湖蓝，淡雅的浅粉，娇羞的嫩黄，梦幻的绛紫，翠嫩的浅绿……

那些让人惊艳的油纸伞，其实是被当成工艺品出售的，生活中好像已经很少有人用这样的油纸伞遮风挡雨了。我买了一把湖蓝色的油纸伞，站在江南的街头，不知怎么就莫名地想起了穿和服的日本女人，撑着这样的油纸伞，迈着小碎步，一副温婉恭谦的模样。

在高楼林立的街上，偶然在犄角旮旯发现了一家古意十足的茶馆，开茶馆的老板娘是个年轻的女子，穿旗袍，窈窕，美丽。她热心肠地给我们讲述了她的外公和外婆一段美丽的爱情故事。

她的外婆年轻的时候是个美人儿，上学放学总会撑着一把油纸伞走在街上，雨天遮雨，晴天遮阳，窈窕的身影，美丽的笑靥让街上许多年轻的后生为之倾倒。可是后来谁都没想到，她的外婆却选了一个最穷的男人，因为那个男人会做油纸伞，手艺精湛，技术一流。

两个人就那样牵了手，做伞卖伞，这一牵手就是一辈子，这一牵手就是一生，偶然邂逅，从此再没有分开过。

江南细雨，缠绵多情，淅淅沥沥，仿佛是离人的眼泪。油纸伞下或穿长衫的儒雅男人，或穿旗袍的幽静女子，诗意，美丽，走出一段历史，行出一段风韵。

很难想象，在北方的雨天里，撑着这样一把油纸伞走在街上，北方的风很硬，能把人刮跑了，北方的雨点很大，能把树叶打掉了，不懂温柔，亦不解风情，风狂雨骤，那样纤瘦美丽的油纸伞，怎生经得起？

那些美丽的油纸伞，只能盛开在江南的烟雨里。

那天，没有下雨，太阳很大，汗涔涔而下，我一个人走在江南的街上，撑起那把湖蓝色的油纸伞，瞬间遮出一片小小的阴凉。时光纷纷，仿佛倒流，回溯而上，穿越回那个令人无限遐想的年代。

轮 廓

◎程应峰

　　因身体不适，我醒来的时候，静夜深深。黑寂中，我侧过身去，看见从厚厚的窗帘透进来了一些微光，我近距离看见了平躺的妻子脸部高低有致剪影一样的轮廓。那是微光勾勒出来的线条，虽然隐隐约约，但在近距离的观感中依然分明。

　　世间万物都有轮廓。或方或圆，或曲或折，或刚或柔，或保守或夸张，或秀美或奇诡，有的甚至不可想象。太阳的轮廓是一个浑圆，正是这个浑圆，予人以热烈，予人以温暖，予人以亮色，予人以活力，予人以生机。而月亮的轮廓，总在演变，圆了缺，缺了圆。正是因了它的圆缺，人们才赋予她清冷、孤独、高远的秉性。花前月下，清辉丽影，迷离朦胧，总是让人浮想联翩。月的圆缺，左右着人心深处的悲喜进退。

　　远远地，我们最常见的，是山的轮廓、建筑物的轮廓、树的轮廓。再往小处一点看，我们看见一个坐着、站着、走着或舞蹈着的人的轮廓。

　　山的轮廓，我们看见的是一些简洁的、动态十足的线条。就在这简洁的线条之中，该有多少自然态势、大千气象在蓬勃舒展，又有多少欢喜哀愁在繁衍生发呀！这远远的，一道闪电一样的轮廓，将属于神奇大自然的一切的一切，都轻描淡写、一笔带过地概括了。

阳光下，建筑物的轮廓，我们看见的是外在的静态的形与状，我们看不见内在的构架和蕴含，我们看不见其中容纳有多少故事，多少人间的烦恼心事，我们难以想象其中孕育的思想，饱含的激情，及其温情脉脉的一面。

我们远远地望见一棵树，它有时像一朵绿色的云，有时像一只空空的鸟巢，有时又如一种呐喊着的姿态。

我们看见一个人的轮廓，或清瘦，或臃肿；或凸凹有致，或婀娜多姿。

画速写是记录事物轮廓的一种方式。无论画得好与坏，也无论审美素养的高与低，只要喜欢，就可以用纸和笔随时记录，它带给人们更直观、更有人情味的轮廓体验。我们看一幅中国画，看见的就是水墨堆积或线条勾勒出来的事物的轮廓。它们以一定的形状边界或外形线，向我们展现着变幻多姿、丰富多彩的大千世界。中国画写意，写的就是事物的轮廓，中国画也正是这样将复杂的事物一点一滴地变简单的。

就算是有色彩，也只是浮光掠影，只能以类似的颜色描绘事物的轮廓。轮廓，不是活生生流动着的现实，而是对事物的一种感性修饰，它淡化了所有的细节，更淡化了所有的芜杂，显得干净而沉静。轮廓，就算有优劣，也取决于人们对事物的感觉，这种感觉当然因人而殊，因人而异。

诗歌所描绘的，大抵就是源于内心的一种美丽的轮廓。《雨巷》中撑着油纸伞的那个美丽女人，你能说你想象中所能看到的不是她美丽的身影？正是这个轮廓一样的身影，让这首诗有了生机和活力，显得绰约迷人，趣味盎然。

　　常态生活中，我们看见过许多事，许多物，许多人。但我们看见的，大抵都是这些事、物、人的外在轮廓。我们在有限的生命中，无法把所有的事情看清楚，弄明白，能看清它们轮廓之一二，已算是此生有缘，此生之幸了。

低眉之美

◎杨崇演

喜欢"低眉"之美，无端的。

小区的姑娘嫁人了。新娘子大红的嫁衣，乌黑的长发盘成一个髻，脸擦了胭脂粉粉嫩嫩的。惊鸿一瞥，她低眉一抹胭脂红，身上无金银首饰，水汪汪的羞色，直叫人看得痴了——也许是金太烁、银太冷吧，低眉的女子当是玉，温润、美好。低眉之美，留下我对美好女子的深刻印象。

不久前，一位多月不曾联系的女友给我发微信。画中的她，带着孩子，正俯首低敛静气观花——身后是远山，身前是近水，身旁是错落的绿草，蝴蝶停在花上。我很诧异：原来的她一直视事业为生命，一直强势地高抬着骄傲的头颅，如今怎么相夫教子，忽然变得小女人临水照花？她回复：为爱低眉。我感叹：人一低眉，便落进画中。

双休日回家，看着七十多岁的老母亲在阳光下给父亲织毛衣，左一针穿过去，右一线绕过来，不紧不慢，从从容容，凝神静气，低着头，垂着睑，嘴角漾着笑。我说："现在都可以网购了，还用得着手工吗？"母亲听了，不再言语。只是依然笑着，嘀咕了一声："反正闲着也没事。"于是，继续着她的一针一线，洋溢着她对生活对家人满满的爱。最是母亲那低头的温情，让爱写作的我闲坐阳台晒太阳时，和着清风、阳光味道的诗句便飘过脑海，随手即可记下，美得晃人眼，醉人心。

凡此种种，低眉是一种温柔、一种接纳、一种包容，是低到尘埃里的花，是永存心中的爱。

尘世间，常见一景：主妇低眉，眼看灶上一锅莲藕排骨汤熬呀熬，估摸着差不多了，剪下鲜嫩鲜嫩的葱管，洗净，切成葱花，转身，洒在汤里，那一碗碧盈盈的绿便欣然跃入了眼眸，仿佛顿然有了凡俗烟火的味道，有了家常贴心的温暖！

低眉，是信手续续弹吧。十指纤纤，琵琶铮铮然，大珠小珠落玉盘，大弦嘈嘈如急雨，小弦切切如私语，尽抒心中情怀。一举手，一投足，低眉婉然。

低眉，是身着戏服袅袅娜娜的唱腔。京剧舞台，但听得：袅晴丝吹来闲庭院，摇漾春如线，停半晌整花钿，没揣菱花，偷人半面，迤逗的彩云偏，我步香闺怎便把全身现……

低眉，是晴好天气，坐在有树荫蔽护的石凳上看书。书卷多情似故人，晨昏忧乐每相亲。眼前直下三千字，胸次全无一点尘。与时光对坐，诗一样地栖息在大地上。

因为低眉，所以看到了地上翻飞的叶子；因为低眉，所以看到了踽踽爬行的虫子；因为低眉，所以看到了透出泥土的种子……

低眉看世界，才能把这个世界看得清清楚楚、明明白白、真真切切。人生需要低眉，生活需要低眉，人与人之间也需要低眉。

我认识的一家三口，新近发生的事情真是让人唏嘘。秋日午后，六岁的儿子为争电视频道和妈妈闹僵。听到儿子的哭声，爸爸冲出房间对老婆兴师问罪。冲动是魔鬼。几番言语加拳脚之后，妻子尖叫着倒在地上动弹不得了。待医院的救护车来，慌乱中发现丈夫因受妻弟的恐吓离家出走了……假如，有一个人愿意低眉……可惜，已然没有假如。

金刚怒目，菩萨低眉。

一次出差，去了普陀山。同去的人说，我们一起去拜菩萨吧，求菩萨保佑，你看那山上散发着金光呢！我没去，只把念想放心间：菩萨是神，你有事也求、他无事也求，她哪能一一排解？她是不得已，才低眉垂目的吧——不想看，不忍看，也没有能力看呢！我自嘲，最美的风景在内心，何苦去求别人？看一眼菩萨，心里泛一朵莲花，足矣。

低眉并非自哀、自卑，而是自尊、自爱。一个拥有着华丽内心的人，即便在尘世里低眉行走，也会有独属自己的强大气场。红尘喧闹，我愿做低眉人。纵是窗外风雨飘零，只当春水潺潺。

一转身，就是一生，有什么舍不得呢？学着低眉，试着低眉——花开，随喜；花落，不悲，当如是。

最大的快乐是与别人分享快乐

◎乔凯凯

得知自己中了五百万大奖，会是什么感受？是不是有一种被快乐激动砸晕的感觉，瞬间觉得超级幸福。那么，每天打电话通知别人中了五百万是什么感受呢？照理来说，中大奖的人应该是最幸福的，而眼睁睁看着一大笔钱被别人收入囊中，自己还得通知这些人来收钱……这种感觉应该挺微妙吧！

一个名叫马特·哈特的小伙子最有权利回答这个问题，因为他就是在电话那头通知你中奖的人。马特来自澳大利亚布里斯班，在澳大利亚最大的彩票运营商The lott上班。马特每天的工作内容十分简单，就是在一个小型的隔音房间里打电话，通知那些买彩票中了大奖却还不知情的人们。

马特说，他做这份工作已经有几年了，这期间，大约打出去七百多通电话。而电话那头人们的反应总是各种各样的。

"您好，这里是The lott彩票中心，想告诉您一个好消息，您之前在这里买的彩票中了五百万。您大概什么时候有时间来兑换呢？"听了这句话后，很多人的第一反应往往并非高兴而是质疑："你说我中奖？不会是骗子吧！"有一位在悉尼的获奖者干脆把他的电话当成了恶作剧，并警告他，再打来就报警！每次马特只能耐心地再打回去做各种解释，直到人们相信为止。

确定自己中了大奖后，很多人要不就是直接惊呆了，在电话那头半天不说话，要不就是疯狂地开始尖叫，还有人激动到痛哭。马特回忆起让自己印象最深的一位女士，他说那是他打过的最感动的一通电话，直到现在回想起来，都忍不住鼻酸。

当那位女士得知自己中了一百万后，突然痛哭起来，但并不是喜极而泣。平静下来后，女士告诉马特自己痛哭的原因。她说自己患癌已经有一段时间了，为了治病，她的丈夫日夜不停地工作。而现在，这一百万足以让他放下手头的工作休息一段时间，静下来陪她度过最后的时光。最后，女士对马特再三感谢之后才挂了电话。

有时候，马特也会和中奖的人们简单聊几句中奖之后的打算。多数人表示会将钱存起来，或用于投资理财。还有一大部分人会用它来付清房子的贷款、投资孩子的教育，或者把钱花在父母身上，让他们早日退休享受生活。马特印象最深的是一位中奖后打算先去理发的人，理发看起来完全是个很日常的事情，但很明显，也许在中奖之前他很可能没有钱好好去理个发。马特说："这笔钱真的完全改变了他的生活。"

有人好奇地问出了文章开头提出的问题："面对眼前的巨款，通知别人来拿，会不会心酸、不爽，或者是嫉妒、抓狂？"马特摇摇头回答："都不是。"他反倒觉得自己每天和那些中了奖的人一样开心，他认为自己的工作是全澳洲最幸福的工作之一。

"我感觉自己好像一个圣诞老人，或者复活节上的兔子，每天都会告诉别人最棒的消息：'嘿，你成为大富翁啦。'我每天都和不同的人度过他们这一天乃至这一段时间内最开心的时光，和他们一起分享快乐。我很喜欢享受这一切。是的，我最大的快乐就是与别人分享快乐。"马特笑着说。

活着终究会消逝

◎叶春雷

我们必须明白，活着终究会消逝，生然后死。

这一刻我还坐在书桌前写这篇文章，下一刻我就会变成肥沃植物的一抔骨粉。一条河划开了生与死的界限，河这边是生，过一座桥，就是死。

已经活到可以从容谈论死的地步了，就像黑夜过后，黎明到来。死就是那黎明，乘着一道闪电，倏尔而至。

人之一生，其实都在为这一天做着准备。自然，有很多人混混沌沌过着，他们无所谓准备不准备。但是，一个有心人，一个想活得明白点的人，他会做点准备，有时会精心做着准备。做不做准备，准备做得精心不精心，其实就看出人之高低，贤愚不肖。

准备点什么，这里面也大有文章可做。有人积累财富，有人积累声名，有人积累权势，有人积累德行。积累德行看起来是最为务虚的，但在时间的长河中，当财富声名权势都随风而逝，唯有德行，却万古流芳。

虽然活着终究会消逝，但一生都在积累德行的人，却把生命转化为灵魂，永垂不朽。

看来一切的哲学都是在解决一个问题，人死了怎么办？我知道这个世界上最聪明的一些头脑，都在绞尽脑汁解决这个疑难。但是，中国的先哲似乎并不觉得这是个问题，青山不朽，德行不灭。

著名哲学家康德说："这世上最辉煌的事物，就是头顶的星空和心中的道德律。"

中国伟大的思想家孔子说："己欲立而立人，己欲达而达人，己所不欲，勿施于人。"

德行与放纵相左，与自由相近。

德行是开在尘世的花朵，这花朵永不枯萎。

我们必须明白，活着终究会消逝，生然后死。

很多人不愿承认这一点，很多人回避这一点，很多人对这一点讳莫如深。

但我们不是孩子，我们没有必要假装看不到这一点。

庄子说："夫大块载我以形，劳我以生，佚我以老，息我以死。"大自然的安排是合理的，我们没有必要奢望更多。

对死亡的恐惧产生了伟大的思想和艺术，产生了人的伟大。

法国思想家帕斯卡尔说："消遣——没有想到死而死，要比想到没有危险而死更容易忍受。"知道自己一定要死，这的确是一件非常痛苦的事情。但是，正因为意识到自己一定要死，我们才会绵延这有限的生命，向无限进军。

也正是在这个意义上，老子才会说："死而不亡者寿。"

你死了，但你并没有被时间丢弃，你依然活在世间的序列里，时间对你依然有着意义，这样的死，自然就在真正的寿者之列。

中国的古人，强调"三不朽"：立德，立功，立言。

"三不朽"中，"立德"高居榜首。

拿破仑盖世的功业，已经随风飘散；卷帙浩繁的历史著作，也多半湮没在厚厚的时间的尘埃中，泛黄生蠹。然而崇高的德行，却口耳相传，经久不息。

一颗子弹穿透了林肯的头颅，但无法打死人们对林肯的敬仰。

病菌的牙齿，咬烂了鲁迅的肺叶，但咬不烂先生硬朗的人格。

抬头仰望灿烂的星空，低头瞩目崇高的人性，我们活在时间之流中，却不会随波逐流。

也还是帕斯卡尔，他说："思想成就人的伟大。"

其实，不是思想，是德行，让人类的绵延成为可能。

我们必须明白，活着终究会消逝，生然后死。

明白了死，也就明白了生。如果我们活着，仿佛从来不会失去，那我们最终，会失去一切。

救命的风度

◎清风慕竹

    唐贞元十六年（800年），徐泗濠节度使张建封病危。濠州刺史杜兼闻讯立刻赶了过来，他倒不是因为和张建封有多深的感情，而是看中了他的职位。在唐朝末期，藩镇的节度使之职多是谁抢到手是谁的，然后再要一道朝廷的任命罢了。正当他假惺惺地抹着眼泪时，有一个人一把拉住了他，他吓了一跳，定睛一看，是张建封手下的从事李藩。

    只见李藩面色严肃，厉声说道："张仆射的疾病危险到如此地步，你应当留在濠州，防止意外，现在你却丢开州城，来到这里，你打算干什么呢？你最好赶快离开，否则我准会参奏你的。"

    杜兼突然被人点中了心事，内心惶恐不安，一句话也没敢说就回去了。

    杜兼这个人按史书中的描述，"性浮险，尚豪侈"，生性狡黠阴险，强悍残忍，被李藩半路上打扰了美梦，他越想越不是滋味，于是拿起笔，给皇帝写了一个奏折，意思说李藩在张建封去世之际散布谣言，动摇军心。果然，唐德宗闻报大怒，而且马上暗中给淮南节度使杜佑下了一道诏书，命令他杀掉李藩。

杜佑接到诏书，很是不忍，因为他素来器重李藩，特别欣赏他的风度。李藩出生于官宦之家，年轻时就恬淡文雅，喜欢读书，注重修身。父亲死时，给他留下了丰厚的家底，然而他从不以钱财为意，经常拿钱资助别人，弄得没几年他也变成穷人了。到四十多岁李藩还没有出仕做官，家里只出不入，吃饭都成了问题，妻子儿女都埋怨他，他却泰然自若。

犹豫了十多天后，杜佑命人把李藩叫来，与他谈论起佛家经典。杜佑说："佛家讲究因果报应，有这回事吗？"李藩回答说："有这回事。"杜佑顺坡下驴，说道："假如确实如此，你遇到事情最好不要恐慌。"说完，他从怀里掏出了皇帝的诏书。

李藩看罢诏书，神情颜色一点也没有改变，他从容地说："这是真正的报应啊。"

杜佑暗暗称赞李藩的气度，嘱咐说："你小心别说出去，我已经秘密上奏陈述此事，用我一家百口来担保你。"

虽然有杜佑的担保，德宗皇帝仍然不放心，下令传召李藩来长安。结果当他看到李藩安闲优雅的神态时，一下子就服了，说："这怎么会是作恶的人呢！"不仅没有处罚他，还直接把他留在了身边，当起了秘书郎。

成了皇帝身边的人，李藩并没有一点得意之色，而是一如既往地按照自己的准则行事，甚至皇帝做错了事，他也敢纠正。

当时河东节度使王锷花费数千万钱贿赂权贵宠臣，请求兼任宰相。那时官帽子满天飞，不少节度使都挂名"同平章事"，享受个宰相的虚名，面子上好看而已。

有一天，李藩与中书舍人权德舆在中书省值班，突然接到皇帝的密旨，上面写道："王锷可以兼任宰相，立即草拟诏书报来。"李藩早就知道王锷买官的事，他拿起笔来，在诏书上涂掉了"兼任宰相"等字，上奏意见写道："不可。"

权德舆一见，大惊失色，连忙说："纵然认为不可，也应该另外写奏章，怎能用笔涂改诏书呢？"

李藩说："事出紧急。一旦敕书发出，就不能收回了。太阳要落山了，我们哪有足够的时间反对它呢？"

因为李藩的反对，德宗只好把这事搁置起来，王锷的宰相梦成了一枕黄粱。

唐宪宗元和年间，李藩被任命为宰相，原因是历史上著名宰相裴珀的大力举荐，理由是李藩"有宰相的器度"。李藩因此登上了政治生涯的顶峰。

因为风度翩翩而因祸得福，李藩看来真是太幸运了，其实未必尽然。风度是一种内心的平和，也是一种对品格的坚守。如果世间真的有因果报应的话，李藩带给我们的，是一种令人无比温暖的正能量。

一声长啸

◎ 米丽宏

世界喧嚣，闹到极处，反会呈现荒原般的寂静。这种寂静的底子不好说，又沉闷又热闹；要打破呢，须有一些与众不同的发声。

比如：一声长啸。

啸，有古味。《辞海》上说：撮口为啸。这是一种很耐人琢磨的发声方法，听上去很像今人吹口哨。

啸于今不传也久矣，定然不似吹口哨那般浮皮与简单。清人张潮在《幽梦影》一书中说："古之不传于今者，啸也，剑术也，弹棋也，打球也。"

但啸曾那么风行于文人士子，魏晋阮籍擅长啸，陶渊明啸傲东轩下，洪秀全、苗沛霖啸聚山林，张三丰啸歌山野……声声长啸，成为心灵暗喜与隐痛的一种揭示。

史载，阮籍一声长啸，时人远隔一二里都能听到他的清越啸声。阮籍登苏门山，见道人孙登闭目养神，就上前攀谈。因司马氏当政，他末路穷途，胸臆难抒，便从自己一直说到三皇五帝夏商周；孙登仰着头，一言不发，一副超然世外的神情。阮籍再说到儒家的道德主张、道家养生方法，他还是不发一言。阮籍讪讪站了半天，长啸一声，返身而回。走到半山腰，却听到孙登的长啸。此啸山鸣谷应，宛若天籁。阮籍的长啸里有世事的郁结，孙登则纯是一派自然的清空之气。

除了那种奇异的发声方法，我们还是可以常常领略到啸的风姿的。

想起鲁迅，想起他的《呐喊》。那何尝不是勇士拖枪、面对着一间万难破毁的"铁屋子"的一声断喝、一声长啸？他曾沉吟："得了赞和，是促其前进的；得了反对，是促其奋斗的。独有叫喊于生人中，而生人并无反应，既非赞同，也无反对，如置身毫无边际的荒原，无可措手的了，这是怎样的悲哀呵。"于悲哀中呼啸，鲁迅说自己是夜行的鸟，发出恶声。但正因为有这种反主流的声声长啸，才让沉沉欲睡的人们蓦然醒来，看清独行者的灯盏。

只是，今天，世间还有这样的长啸者吗？河水日夜流淌，生命静于无言，一两声长啸，穿越史册，啸出了风致和味道。

其实，啸，在大地上无处不有。风扣松柯作金石声，似是"龙吟"；若再迅疾一些，穿过坚挺紧密的枝叶，这就变成了"啸"。天空蓄满雷鸣电闪、风声雨声；古典的山冈上、密林里，嗷的一声虎啸，远远传到了山那边；田野的绿幕里漏出几声牛马驴骡的长声嘶鸣；海边飓风带来潮起潮落剧烈的歌吼；一面垂直悬挂、急速跌落的瀑布，发出的啸叫，如此惊心动魄。

虎啸，是威猛的；剑啸，是优雅的；风雨之啸，是神秘的；

家畜之啸，让人会心一笑。

而我们这些俗子，日日为柴米油盐的俗事奔忙；心尖尖上，爬满了岁月的青苔，沾染了烟火的油垢。茫然之间，心，常常迷失，信仰，摇摇欲坠。

那么，到山水之间去，去走一走。身旁有林泉可以明志，视野里有烟霞可以为侣，猿声鸟啼隐约在耳，山光水色晃漾夺目。肺里的废气，渐渐排空，心里的污浊，渐渐散逸，你会不由自主地，面向烟山万万层，中气十足地长啸一声……

一声长啸，好似一个幽深入口。你入将去，"初极狭"，但你不要放弃，你要走，复行数十步，你会豁然开朗。心静下来，这才恍然悟得：一刹那的工夫，历史便过去了；一弹指的工夫，这一辈子便定格成一声长啸了。

一声啸，那么短，又那么长；一声啸，那么长，又那么短。

生活的收获是生活

◎陌　陌

那天午休的间隙与同事在附近逛街，当路过那家花店时，被门口摆放的各种盆栽花卉吸引住，就想走上前去打探。不料却被身旁的同事一把拉住："你快拉倒吧，三天两头地搬家，别买这些没用的东西，到时候都是麻烦事儿，等你有房子再说吧。"

那些花在阳光的照射下，有着金色的光晕，十分美丽，怎么在同事眼里就成了"没用的东西"？见我还是恋恋不舍，同事又说我就会浪费钱。看着同事"义愤填膺"，恨铁不成钢的样子，我心里忽然很难过，不是为自己，而是为同事。

花店门前一片讨喜的绿意，竟然得不到同事的欣赏，我为她那颗没有热度的心而难过，为从她的神态和语气里，感受不到她对生活的热爱而难过。

我们年纪相仿，同样都租住在别人的房子里。二十几岁的好年华，本应该是热血沸腾、充满好奇地生活，可以对这个残酷的世界暂时妥协，但绝不应该被它压榨得冰冷麻木。

在我看来，那不仅仅是一盆小小的盆栽，它更像是我的"代言人"，表达出我对生活的珍爱与追求。不是说房子是租来的，而生活是自己的吗？我打心眼儿里佩服一种人，他们无论在怎样的兵荒马乱和颠沛流离中，依然活得淡定自若且有温度。微信朋友圈里有位被我置顶的好友，她是我的大学同学，我不舍得漏掉她每一个信息。

她那个小小的出租屋，被她装扮得浪漫清新。刺绣的棉麻窗帘，绣花的台布，小猫图案的靠垫，宜家风格的小方桌和毛绒地毯，盆花，鲜花，小幅油画，甚至还在卧室贴了壁纸，我忍不住说她"花钱打扮别人的房子"。可是她却兴奋地告诉我："是啊，你说我败家就败家吧，这些壁纸花了我一千多块钱啊！还好还好，我还不至于为此节衣缩食，我就是不想让日子太糟糕。"

你不要以为她有很多钱，她和我一样仍然在生活与生存之间挣扎徘徊。那天我去她的小屋小坐，她正在练习书法，灶台上炖着汤，鲜花插在敞口的大花瓶里，屋子里满是好闻的香气。我忍不住赞叹："小日子不错啊！""这就是我的日子，生活虽小，风景可不能少。"我真的被感染了，这点点滴滴的用心与热爱，如温水熨烫的生活，温暖而持久。

如此有活力的一颗心，藏着她的价值观和人生追求。不知不觉中我模仿着她的生活，既知足常乐，又仰望星空；既脚踏实地，又不乏勇气和好奇心。

罗曼·罗兰曾经在书中说过一句话：很多人在二三十岁就已经死了，因为过了这个年龄，他们只是自己的影子，此后的余生则是在模仿自己中度过。我想这段话的意思，是告诫我们，不要年纪轻轻心就先老了，别让生活成为一潭死水，别让它变成坚硬的冰。

　　拥有一颗柔软且敏感的心，该是多么美好啊，它装得下世界，世界就是我们的了！

每个人心里都住着一个少年

◎积雪草

昨夜，我做了一个梦，我在梦里与他相逢。他的面庞依旧冷峻刚毅，不苟言笑，棱角分明的脸上还挂着一丝未脱的稚气。长长的头发，干净的眼神，宽脚的牛仔裤长到拖地，穿一件半旧的白衬衫，身上背着一把破吉他，在学校操场的白杨树下瞎转悠。

这是我年少时心中的男神，他细瘦高挑、有些小腼腆，会唱歌，会写诗，会打篮球，三分球尤其漂亮。他的歌声嘶哑、苍凉、忧伤。变声期的男生，歌声其实说不上好听，但不知他怎么就迷倒了一大片女生。他的诗都是日常生活中某一个细节的闪现，被他半通不通的文法写得朦胧唯美，让我们这一群半大的孩子痴迷追捧。

多年后，我终于知道了这是为什么。纯真的眼神和美好的心灵，便是青春最好的注解，便是他的歌和诗的解读和延伸。他用少年特有的视角来看待这个世界，他用纯真和简单来解读人生，还有他始终不曾放弃的美好和热爱，这便是全部的魅力所在。

多年后，我再遇到他时，他已是一个中年男人。衣着朴素，眼神温柔，步履坚定。身上也背着一把琴，手里牵着一个小男孩。那个小男孩大约十岁的样子，俨然是一个小小的少年，但眼神却和他一样坚定。我暗自揣度，他可能是送孩子去学琴吧！

听说他这些年经历了很多事情，他的父亲据说牵涉到一桩经济案里，先是被抓，后是被判刑，然后进去了。他的母亲因受不了打击，被刺激疯了。遥遥无期的等待，会让人失掉从容和理性，他从一个喜欢唱歌写诗的少年瞬间长大了。

他流浪过、颓废过、自甘堕落过，酗酒抽烟，在街上和一帮少年打架滋事，密密匝匝的疼痛与破碎让他分不清方向，痛苦、难过、迷失，折腾了很长一段时间后，他终于理性回归。

为了生存，他开始走街串巷，干过很多营生，做过很多事情，扫过街、卖过盒带、倒腾过衣服、卖过菜、与人合开过小饭馆，最终从困苦磨难的废墟上爬了起来。

我远远地看着他，有人和他打招呼："送儿子学琴去啊？"他微笑着点点头，一副宠辱不惊的样子。我想起了心里曾经住着的那个少年，弹琴、唱歌、写诗、长发飘逸，白衬衫一尘不染……

时光像大海上的鸥鸟一样匆匆掠过，任凭风高浪急，兀自悠悠而去。但是，不管你经历过什么，不管你吃过多少苦，经历过什么磨难，愿你还是当初的那个人，还是我心里住着的那个少年，心地单纯美好，眼神纯粹干净，在尘世生活中坚守初心，安守本分。

日本漫画家绿川幸在《萤火之森》里说："每个女孩的心里都有一片萤火之森，那里住着一个少年。"其实我想说，每个人的心里都曾住着一个少年，那个少年，站在光阴的彼端，遥遥地凝望你。隔着时光，你仍能清晰地看到那个少年，或激进莽撞、或躁动不安、或不管不顾，在青春的岁月里抒发着自己的最真实情感，那是最初的你自己或者别的什么人。

每个人的青春里都曾有过一个难忘的人，不管那个人是否与你的生活有过交集，但那个人的一颦一笑都曾牵动过你的神经。那个人开心，你便会莫名地欢喜；那个人忧郁，你便会莫名地悲伤。喜人之喜，忧人之忧，或哭或笑，单纯美好。

每个人的心里都曾住着一个少年，那个少年也许是你自己，也许是别人，也许只是一段青春往事，也许只是一段美好的记忆。走过大半生之后，不管你经历过什么挫折变故，不管你经历过什么人事变迁，甚至，不管你变成什么样子，但愿归来，你仍是少年。

经历过时光的淘洗，走过岁月的变迁，读书、旅行、苦难、磨砺，都会让一个诚惶诚恐、自卑怯懦的孩子，变成一个微笑向暖、从容自如、不惧时光的人，从里到外，真心热爱世界，真心热爱生活。

越 界

◎安 宁

　　我常想，我跟许蝉，我最好的朋友，到底是怎么走散的呢？

　　我们是在大学时，学校组织的勤工俭学小组里认识的，时常在一起帮系里老师整理资料或做做校对。只不过，我纯粹是为应付父母，让他们看到我不再如以前好吃懒做，让他们头疼。而她，则完全是为挣钱养活自己。

　　许蝉来自西部一贫穷山区，我和父母几乎每天都通一次电话时，她要为电话费而"斤斤计较"。她每年除寒假在家待上十天左右，基本都是待在学校。母亲心疼孤身在外的她，便常让我给她捎些东西，每隔一两个月，还会开车过来，接我们回家解馋。所以不过半年，我和她便成了最铁的朋友。铁到她需钱时，我会直接把存折密码告诉她，让她拿去取；铁到得知我也暗恋同一男生时，她立刻抽身退出，又故意制造种种"偶遇"，为我这段爱情披荆斩棘。

　　一次交学费时，许蝉母亲生病住院，不仅把刚凑齐的学费全部花掉，而且还欠下一大笔钱。而按规定，学校只能给许蝉减免一部分学费。当我得知她为此事独自一人哭了一场时，我把她恶狠狠地数落了一通，随后便给她四十块钱，笑说，这是我借给她的，记住哟，归还期限是一万年。她在我的嬉笑里，却是抱住我，再一次用丰沛眼泪，把我的心哭到也变成了汪洋大海。

这笔钱，许蝉在毕业前，当然没能还上，但她却用加倍的好，来偿付我这份友情。我偶尔一次提起喜欢吃哈密瓜，她就在那个本该在校打工的暑假，专程跑回家去，从自家园里摘了最大两个，千里迢迢坐火车背回。我抱怨冬天洗衣服不方便，她不与我打招呼，便悄无声息地将我一堆脏衣服，全都洗得干干净净。而我每月必经的痛苦里，她更是对我呵护备至，细心到我一个眼神，她便知我想喝水还是吃药。常有同学开玩笑说，即便是男朋友，也比不上许蝉对我好呢。而我，也确实曾对一个追我的男生说，他要是没许蝉对我一半好，便趁早隐身吧。后来那男生果然在许蝉的体贴温柔下，知难而退。

成绩优秀的许蝉，毕业后被学校保送至北京一重点大学读研。而我，则因懒惰成性，大学四年碌碌无为，最终在父母帮助下，进一家学校工作。读研三年里，她依然没有忘记我，我们彼此通过网络和电话，频繁联系着。直到后来我开始恋爱，她也有了一段美好爱情，那份饱满热情，才慢慢转移到了男友身上。她在研究生学业结束那年，没吱声，便将四千元汇给了我。而我，也没吱声，用它买了机票，独自飞北京，祝贺她顺利找到工作。

已三年没见面，她执意要我留下陪她多住几天。三年时间，并不长，但却很鲜明的，在我们身上刻下了印痕。她不再是那个羞涩自卑的女孩，不仅结交了许多比我优秀许多倍的朋友，而且思维观念，都与在小城的我，有了很大差别。而我，也不再是那傻笨的"无知"少女；我与她喋喋不休谈起的，除了房、车和婚姻，便是周围人的收入和自己的风光得意。第一顿饭，我那么迫切地将自己男友的显赫家境及工作前程眉飞色舞地讲给她听，以为她会像以前那样，对我每句话，都认真倾听，且记到心里。但她却眼神飘忽，神情淡然，甚至屡次在我说到最兴奋时，将我打断。而与她的几个精英朋友吃的第二顿饭里，我则成了配角。但为了显示我和许蝉交情深厚，我还是在她朋友们面前，卖弄了许多证实我们的友情坚不可摧的往昔。这其中，就包括我曾借给她N次钱，并赞助了她一次还期一万年的学费。她朋友，在我讲述的深情厚谊面前，皆投来或深或浅的钦佩目光；但许蝉的脸色，却渐渐黯淡下去。最终，她冷冷将我打断，说："那些过去旧事，提它干吗，还是谈些更有意思的话题吧。"

我终于决定提前几天返回。而她，亦没如往昔那样，盛情挽留。她只是轻轻哦一声，便回说："那也好，我们都挺忙，以后有机会，再相见吧。"再相见的机会，我们彼此都明白，其实，是愈加少了。或许，我原本就应将这份情谊，珍藏在美好的时光收藏夹里，不远不近地给她祝福牵挂；而不是像如今，在彼此已生出距离时，还试图用过去青葱时代的少女情谊，迫不及待拉近我们已越来越大的鸿沟。

坐火车回来的路上，我想起那个在她面前，夸夸其谈到唾沫飞溅的自己，想起我这样忙不迭将自己最好的一面展露给她的朋友，不过是因为我心底是自卑的。曾与我相差很多的许蝉，将我远远地落下。最让我们彼此无法忍受的人，反而是我、她这彼此最铁的朋友。

而一段在不平衡里，原本完好无损的情谊，走到今日，终因不知该如何保持美好界限的我，生出难堪的再也无法弥补的裂痕。

活成一支小夜曲

◎程应峰

  不是所有的文字都山高水长，深远厚重，气势恢弘；不是所有的人生都似金戈铁马，大江东去，万丈豪情；不是所有的生活须关西大汉执铜琵琶、铁绰板，方能演绎。其实，凡俗的生活，很多时候，只合十八女郎，执红牙板，歌"杨柳岸，晓风残月"，这种鲜活柔曼的小资情调，如教人辗转反侧的宋词小令，如轻音乐，如小夜曲，暖心润肺，优美抒情。

  以小夜曲闻名于世的莫扎特、舒伯特、古诺、海顿等，将人生活成了小夜曲的模本。莫扎特歌剧《唐·璜》里的小夜曲，是歌者在少女窗前弹着曼陀林歌唱的典型的小夜曲，缠绵婉转，悠扬悦耳。舒伯特的《听，听，云雀》，是一首晨光初现时吟唱的小夜曲，曲调清新，旋律轻盈，伴以拨弦乐器的声音，创造出优美恬静的意境。古诺为雨果诗作谱写的小夜曲，具有摇篮曲风味，丝丝缕缕，如青烟在晚风中飘荡，流传不衰。海顿的《F大调弦乐四重奏》第二乐章"如歌的行板"，是一首典型的器乐小夜曲，将抒情、奏鸣、交响、协奏融于一体，美不胜收。

  把或长或短的人生，活成小夜曲的，除了音乐家，更多的是作家，是诗人。他们多感的生命，常常以美丽的生存体验，弹拨出生命中的小夜曲，那份美丽的体验，恰似一朵又一朵安详的花，泊于午夜中央，轻声歌唱。很多时候，生活的谜底一旦被揭开，就会简单得像一张在生活之火中缓缓地燃为灰烬的白纸；就算再复杂一点，也不过像浪漫的爱情，纵然千回百折，最后还是要流入暖暖的温床。

戴望舒的哀婉迷离，一如《雨巷》："撑着油纸伞，独自彷徨在悠长、悠长又寂寥的雨巷，我希望逢着一个丁香一样的结着愁怨的姑娘。她是有丁香一样的颜色，丁香一样的芬芳，丁香一样的忧愁，在雨中哀怨，哀怨又彷徨……"丁香一样的姑娘，这个朦胧而迷离、让人们拥有纷繁解读的形象，正是戴望舒追求美好人生而不得的写照。命运多舛，在人生曲折中，戴望舒用自己孤独的灵魂，敏感的心灵，不倦的思索，温暖了无数迷茫的人，也温暖了那个寒气袭人的时代，留下了朦胧含蓄的心灵震荡。

徐志摩的轻盈柔美，分明就写在那首《再别康桥》中："轻轻的我走了，正如我轻轻的来；我轻轻的招手，作别西天的云彩。那河畔的金柳，是夕阳中的新娘；波光里的艳影，在我的心头荡漾……"这是一曲优雅动听的轻音乐，音韵生动，淋漓尽致，荡气回肠。

郭沫若呢，则在《静夜》中回味："月光淡淡，笼罩着村外的松林。白云团团，漏出了几点疏星。天河何处？远远的海雾模糊。怕会有鲛人在岸，对月流珠？"诗人形单影只地站在海边，对月吟哦，字里行间充溢着失望，也流露出对家国和亲人的思念之情。一幅幽美的"月夜晚景图"，展现出超越现实的梦幻世界，令人陶醉和回味。

　　人生在世，各有各的活法；心灵文字，各有各的写法。有人粗犷豪放，宜于慷慨悲歌，字里行间引经据典，铺陈万千气象，读来余味无穷；有人禀赋天成，精于自然婉约，清和明畅，意致绵密，可直入内心，"状难状之景，达难达之情"，就这样随心地活着，随性地写着，一不经意，就活成了美轮美奂，让人流连回味的小夜曲。

那些慵懒时光

◎邹世昌

独坐于院，独坐在敦实的小木凳上，仰望故乡的一切美好，享受久违的懒散时光。

恰逢一场小雨来过，草木清香四处游走，院子里的豹花鸡咯咯地叫，啄着母亲从园里扔出来的小草。大黄牛感冒刚好，警惕地看着我，悄悄地把小牛犊护在身后。竹门斑驳洞开，父亲走在前面，一群白山羊鱼贯进了院，奔向盛满清水的盈盈水槽。西院邻居家已荒芜，那棵弱如高粱秆的桑树，如今粗壮如腰，高过屋顶，黑紫紫的桑粒招摇于风中，摘下几颗，酸甜润津，手却染上了"蓝墨水"。东墙头的槐树，高大威猛，扯着长长的影子与我纳凉，摇曳成槐花香凝的五月风景。前墙外的香椿树两层楼高了，长得笔直，像一把大蘑菇伞，我每次都会多看它几眼，就像看我从外地归来的同胞兄弟。

就这样一直坐着，坐成一个无用之人。用纯净的眼神，欣赏着故乡澄净如初的天空，痛心着母亲蹒跚的身影，听着那麻雀、布谷朴素的清谣，嗅闻着泥土混杂着草木的清香，任由小羊羔用小脑袋顶我的手，任由小狗汪汪地叫，任由父亲责骂并扯着长犄角公羊踢打。就这样坐着，静看日头羞沉于西山，静看着月亮升起来，静看炊烟慢慢地往上飘，饭香弥漫在山村上空，慈母的呼唤嘹亮地压制了它，刺激得月亮都激动地跳了几下，最后挂在柳树梢上不动，一切都回归儿时最熟悉的样子。

园子里的小柿子秧、小韭菜、小豆角秧都长约尺余，莹莹如碧，正在与小草们争雄。所幸母亲帮了它们，我坐久了也上手，就像小时候一样，能帮到母亲，内心很高兴。最后小蒿子、小灰菜都被我和母亲薅除扔给了小鸡们，小鸡们冲过来，一会儿院子里就片片狼藉不成样子了。不知道此生还有几次能和母亲一起拔草的机会，但我们要切切实实地抓住每一次陪伴，包括对老人，也包括对孩子。不希望美好被定义为瞬间，诗意和远方成为昨日的向往。

晚饭煮的挂面，母亲做了鸡蛋酱卤子，农家酱、农家鸡蛋外加母亲用铁锅熬制，我吃了三碗，直到撑得吃不下。打开电视，观看着世界杯或电视剧，跟父亲长一句短一句地聊天，聆听着村庄默默的变化。累了，就躺在火炕上，慢慢地睡去，风声来过，雨声来过，闪电撕破长空，打得缸盆噼啪作响，小狗也恹恹地叫了几声，还有父亲绑柴门的声音，都让我无比放松，无比清宁。曾经无比熟悉的一切慢慢苏醒，曾经简单的生活再次体味，曾经宁静如水的心空慢慢回归，或许这就是故乡的魅力吧，这就是有爱和魅力的故乡。

现实中的我们，偷得浮生半日闲，绝对是一种奢望，我们总是急匆匆，为生活、为工作、为亲人，也为了不负此生的自己。

但总应该有那么一点慵懒时光，静坐看山、看水，闲来听风、听雨，醉来吟诗、作赋，醒来品茗、抚琴，一个人也好，两个人也罢，守着黄昏一点点，老牛吃草山坡前，夜来松间赏明月，清酒一杯酬流年！

那些慵懒时光，那些清浅的光阴，那些无用的美好，那些不经意间遇到或错过的人，许是我们一生中最值得玩味珍惜的吧！

第三部分

寂寞瓦花清逸心

琢颜如玉

◎王文莉

北宋诗人黄庭坚说："士大夫三日不读书，则义理不交于胸中，对镜觉面目可憎，向人亦语言无味。"由此可见，阅读不仅让人明理增慧，还能使人谈吐优雅，风度迷人。

阅读，能够培植心性。阅读，让读者潜移默化地拥有"腹有诗书气自华"的气度，在人群里显得卓尔不凡。他们不张扬媚俗，也不捧高踩低；不寻衅滋事，也不惧事躲事；懂谦让知进退，处世稳重不乏淡定。这样的人，必然是书香长期滋养了心灵，不仅谈吐洒脱，性格温润，而且幽默睿智，还保持了练达通彻的心性。他们对人生坎坷一笑置之，既能安贫乐道，也能审时度势，包容淡定地面对困境，骨子里处事不惊，自有一种笑看人生的淡泊心境。

阅读，可得良师诤友。明代于谦有诗曰："书卷多情似故人，晨昏忧乐每相亲。眼前直下三千字，胸次全无一点尘。"在书的世界里，你足不出户地恣意驰骋，可以和历代伟人的灵魂对话，还能纵览世界各地的千山万水；借助网络和书友促膝谈心，发表见解和心声……有人说："读未见书，如得良友；读已见书，如逢故人。"一本好书就像一位导帅，引领我们探求未知领域的奥妙，越发懂得"学然后知不足"的真谛。激励自己坚持不懈地阅读，追随心灵的召唤和精神追求，也在求索过程中不断地结识良师益友。

阅读，让心生安宁。喜欢读书的人，甘于放弃应酬和交际，静坐一隅捧卷而读。只需一书、一椅、一灯足矣，坚守内心的纯真和澄澈。阅读，不仅让我们倾听外部的声音，更让我们唤醒自己心灵深处的低吟。宋人程颐有语："外物之味，久则可厌；读书之味，愈久愈深。"读出书的味道，应该是进入读书的高级境界。与书相伴，是闹中取静和灵魂自我放逐，稍有收获便会心生喜悦，恍若佛号入耳，觉得心安神宁，感恩知足。

阅读，还能怡情养颜。美国总统林肯说："一个人过了40岁，就该对自己的脸孔负责。"人不能改变相貌，那就改变气质，对脸孔负责，也就是对自己的气质负责。有气质的人，就像拥有一种看不见摸不到，却与众不同的俊逸灵气，一种自然而然的从容神韵。不因富贵而骄横，不因贫穷而怯懦，这种由内而外的书卷气，突破了性别和年龄界限，多年的沉淀和积累，雕琢出君子温润如玉，佳人优雅从容的人格魅力。

台湾作家林清玄盛赞一位化妆师的话：三流的化妆是脸上的化妆，二流的化妆是精神的化妆，一流的化妆是生命的化妆。神奇的化妆术改变的是面容，生命的化妆则改变人的心理和精神状态。毋庸置疑，唯有读书，并且是几十年如一日地读书，才能真正地反转时光，琢颜如玉，成就君子无双，美人如玉的传奇！

寂寞瓦花清逸心

◎水蓝衫

总是认为，寂寞的东西，骨子里往往透着孤寒之意。

比如瓦花。顾名思义，就是生长在颓败老房之顶，黛色青瓦缝隙中的苔草类植物。每年端午前后在雨露的滋润下，那些如松果般翠绿的嫩芽竟会在几日之间绽放得如莲花一般，笑傲烈日，迎风伫立。

与瓦花的相识，是在缤纷张扬的少年时代。那年随母亲回乡村老家，远远看到老房屋顶青瓦之间生长着一簇簇碧绿的小草，青绿相映，煞是抢眼。都市里楼盘巍然高耸，尽管风格迥异，花枝嫣然，可屋顶哪有这样可爱的植物。固执的我便让乡下亲戚搭梯子采下不少来，欢欢喜喜回到家，栽在特意买来的搪瓷花盆内，细土薄肥，朝阳暮雨，本想它会在阳台那一大片姹紫嫣红的花草中盛装怒放。不想几日后它竟然败落了，母亲摇着头说，瓦花天生就是隐士，只适合在山林村落之中，它有它的世界。

而当时的我却认为瓦花辜负了我，竟然以"死亡"这种决绝的方式拒绝了我的美意，有种格格不入的孤高和清寒，难道它喜欢寂寞？或许，它本身就是寂寞。

年少时，我们害怕寂寞。青春里桀骜张扬，红飞翠舞，认为生命当以豪情万丈，纵马驰骋，从江南至塞北，从商场至官场，肆意游荡，越是热闹的地方越是贪恋忘返。然而，越是浮躁紊乱的身心越容易顽疾缠身，那年我突然腹中肝肠疼痛不止，四处寻医均不见好转。不知从哪里得来的方子，母亲寻来瓦花，与柳枝、麦芽一起文火熏煎，一勺勺喂我服下，顿觉有股清凉之气游走全身，没多久，我竟然奇迹般痊愈。

想想自己卧榻病床、奄奄一息之时，唯有父母守在一旁，曾经"患难与共、生死之交"的兄弟朋友突然一个个不知去向，唯恐避之不及，怎是一个凄凉寂寞了得！刹那间终于明白什么叫寂寞，那些热闹繁华、物欲喧嚣的尘埃背后，往往藏匿着难以隐忍的淡薄苍凉，那才是真正的寂寞。

那时起，我便留意起瓦花，尽管它还有更响亮的名字"瓦松""向天草"，但是我还是喜欢称它为"花"。因为"松"太过苍老古板，"草"太过随意卑贱，唯有"花"才配得上它，于烈日风雨红尘蹉跎中坚守干净美丽的本性，将自己雕琢得如碧玉般玲珑清丽，出尘脱俗。

读《红楼梦》，大观园里才情玉女不胜枚举，宝钗、黛玉可谓屈指可数，能和她们二人一拼的，仅史湘云一人而已。尽管她寄人篱下，但却从不与那些庸脂俗粉一般，自己就是自己，兴起时大块吃肉，忘形时挥拳大战，偶尔男儿装扮，与人相交一片本色、毫无功利之心，这与圆滑世故的宝钗、孤芳自傲的黛玉截然不同。芍药圃里，史湘云醉卧山石僻处，芍药花散落一身，扇子落地也被花半掩，头下是用鲛帕包了一包芍药花瓣枕着，众丫头笑着搀扶了回去，而她犹作睡语般嘟嘟囔囔吟着："泉香而酒冽，玉碗盛来琥珀光，直饮到梅梢月上，醉扶归，却为宜会亲友。"一片热闹繁华的背后，到底还是寂寞的，如花般可爱又出尘的寂寞，但寂寞的骨子里，却满溢着清朗飘逸的诗意。突然发觉：这与性情豪爽、淡泊名利的曹雪芹竟是如此的相似。真本《红楼梦》中，黛玉、宝钗相继而去，史湘云最终和宝玉结为患难夫妻，我不知道这是否也是作者的特意安排和眷顾？

在生命的某些时候，寂寞本是淡宕清逸的代名词。"梅妻鹤子"的林逋"少孤力学，不为章句，性恬淡好古，弗趋荣利，家贫衣食不足，晏如也"。半生艰辛的生活历程造就了他丰富的人生阅历，更锻造了他高尚的人格和惬意的生命境界，以儒家平淡之心面对世间万事，于寂寞处执着于心中的自我，平生专注文学创作，一句"疏影横斜水清浅，暗香浮动月黄昏"成为"意境隽淡，韵致深美"的千古名句。很多人劝其出仕，均被婉言谢绝，自谓："然吾志之所适，非室家也，非功名富贵也……"真宗皇帝闻其名，赐他粟帛，诏命地方长官须"岁时劳问"，他死后，真宗皇帝还赐号"和靖先生"，成为中国历史上少有的由皇帝赐封的诗人。

美丽的事物往往是寂寞的，就像瓦花，不随俗沉浮，于红尘荒漠中坚守真正的自我，高尚清逸，绽放若莲，千山万水，了然于胸。真的，你还会寂寞吗？

泼 扁 豆

◎米丽宏

在村子里种扁豆，是补缺，补空地的缺。房前，屋后，猪圈旁，柴棚边……反正，都是些零碎的边角地。

你说菜园里？不不不，菜园里不种扁豆的。扁豆这家伙，泼，蛮，赳赳武夫般，一发飙就收不住，抽藤发叶，不管不顾。谁跟它做邻居谁倒霉，菜邻居被欺负得死不了、活不成，很难看。

扁豆形似刀，有一股子兵气。扁豆，种下去，不怕春寒；结荚时，不惧霜冻；度过夏，奔向冬，比大白菜还耐寒。一株扁豆，能姗姗看尽四季风景，生命维度如此辽阔。这样的蔬菜，真真不多见。

扁豆生长时，像冲锋的战士，心无二念，一心往前头，往上方，往高处。一粒籽播下，经一夏，便变成铺天盖地的绿蓬。于是，你看吧，半分山地的老荆子，像盖了绿被子；猪圈上空，遮天蔽日，像搭了绿窝棚；一棵少年椿树被缠上了，佝偻着身，像负重的老头子。

这都是扁豆干的好事情。

人家盼的是春风，"春风得意马蹄疾"，扁豆，等的却是一架秋风。秋风起，秋意浓，好嘛，扁豆得了势啦。这一整个夏天，它被节令禁锢得不能开口，一口气憋得绿森森；一腔蛮力，全用来向前爬。如今，总算可以放开胸怀啦，想开花就开花，想结荚就结荚。它潇洒地一撩绿斗篷，哗啦，散出万千蛱蝶。紫的、白的、黄的，紫的紫莹莹，白的白闪闪，黄的黄亮亮。

那一只只、一串串蝴蝶，敛翅俏立，笑向秋风，带了一点飞起来的仙气，跟这武夫似的扁豆藤架实在是不搭；可就是这么奇，往往泼皮蛮憨的粗人，内里却又有天真烂漫的情怀。有情怀，却没当回事儿，不会像某些磨磨唧唧的文化人一样，拿着情怀当宝贝。藤叶继续努力往前赶、往上蹿，往高了爬；好像，它认准了，成长才是唯一的使命。一直到老、到枯，最顶端还伸出去一截儿弱弱的须子，左右盘绕着，寻个支撑点，想再往上走。

单单纯纯一架藤叶，它在长；开花了，还在长；一边开花，一边结荚，一边还在长。你就没见过这么泼蛮的家伙，一直长到虚脱呀？

秋日黄昏，仰望一垛扁豆架，头顶上窸窸窣窣，以为是风呢，但看看叶子纹丝不动。那是扁豆蔓子在头顶上往前蠕动；盯住一支藤，能看到忽然的跳跃和瞬间的匍匐。那么多藤蔓，小兽似的，簪着花，带着刀，亦俏亦泼地在月下攀登。

那些累累的扁豆，替换了花朵，排列成行、成串、成阵，举着"刀"，亮出金字塔般的队形。刀锋林立，让人想起《水浒传》里悲怆的卖刀情节，想起黑旋风沂岭杀四虎的斩截；也是，大雪满弓刀，此时月色也如雪，令人惊醒。

千手观音，有千手千眼，是为救苦救厄；扁豆呢，千万弓刀，是为了砍斫秋光吗？然凑近了去看，那实在是一只只耳朵啊，还有耳郭呢，是凹凸不平的秋之耳朵。用手捏住一只耳，轻轻薅，一根藤叶便随着凑过来，它肯定是心疼了。

当一茬扁豆被采去，一茬豆花儿，就马上又替补上来。俏媚小花儿，转而化为刀。半圆弓刀，嫩嫩的刀，不惜代价，不计利害，不问成败，全部亮出来，像一场冒险。

其实，刀也罢，耳也罢，那都是你的看法；你怎么看，都影响不了它亮剑或者倾听。四季累积，它有成熟的定力来应付一切评判。即便人心荒败，世间腌臜，它始终是又泼又蛮、敢怒敢爱。

也是一种真性情了吧。

心灵的院子

◎董改正

　　有个朋友写了一首诗，叫《如果，有个院子》。他在诗的左边种了几株蔷薇，右边栽了两棵芭蕉，中间留一条小径，"看阳光和风在这里停留、拐弯/像亲人从远方归来"。他说有个院子，是为了给他"寂静之美/和它虚度"。"虚度"这个词打动了我。

　　炊具在厨房，饭桌在餐厅，接待客人在客厅。书在书房，床在卧室，洗漱方便有卫浴，晾衣服在阳台，瞭望有窗户。一个人的业余完全可以在"家"内完成，为何你我的心里，还盼望有个院子？

　　在文章《我心目中理想的房子》里，作家冯唐说："要有个大点儿的院子。有树，最好是果树或花树或者又开花又结果。每年花树开花那几天，在树下支张桌子，摆简单的酒菜，开顺口的酒，看繁花在风里、在暮色里、在月光里动，也值了。"

　　林语堂在台北"有不为斋"居住时，看着自己的院子说："宅中有园，园中有屋，屋中有院，院中有树，树上见天，天中有月，不亦快哉！"果然快哉。老舍的院子叫"丹柿小院"，因为种了柿树，他说："院子必须很大，靠墙几株小果木树，除了一块长方的土地，足够打开太极拳的，其他地方就都种着花草。"

叶圣陶的院子有三进，院内有一字影壁、倒座房、走廊。正房院带垂花门，内有抄手廊、坐凳栏杆，廊墙上嵌有什锦窗。正房院内的四棵树，北屋两棵海棠，南院一棵白丁香，一棵黑枣树。"我在小小的船里坐，只看见闪闪的星星蓝蓝的天"，就写在这个院子里。

院子也看不少了，它都有些什么用呢？看花，花树下喝酒，看树，看树上的天和月，看柿子，院内"抄手"，闲庭信步。好像都是一些"虚"的东西，花大力气整来一个院子，就是为了"闲"后的"信步"，值吗？饭后去公园不也行吗？种花栽树喝酒，似乎都是些无用的事，都是虚度时光，这样是向上的生活态度吗？

人生该要怎样才叫不虚度？一个人的生活若是密不透风，他的心里一定荒芜不堪，他一定会觉得喘不过气来。一个富商让画家给他画一幅荷花，画家画了一杆荷，其余都是粼粼水纹，索银十两。富商心疼银子，央求他多画一点，他就加了一些荷叶，退给富商二两银子。富商高兴了，让他再加几杆花，画家添了三杆，退银三两。富商乐坏了，说："您给我再添几片叶子吧！"画家把剩下的银子全部退给他，将砚池里的墨一股脑泼到纸上，说："你拿走吧，已经满了！"填满工作和"实"的生活，就是那一纸浓墨。

生活需要留白，那些看起来无用的"虚"，就是留白，如栽花种树，如月下独酌，如庭中听箫。这些"虚"，让"实"成了图画；这些"无"，让"有"意蕴悠悠。屋子虽然具备了休息的一切功用，但它"有道理，没故事"的，它是公文式的，不像院子，院子是诗歌、是戏曲、是散文。院子是心灵的延伸，院子是屋子的留白。

院子是家与世界之间的缓冲。开门即红尘，进门即家庭，这样的句式生硬冷峻。有院子就好，进来院子，有花有树，有石桌子，桌子上画着棋盘，母亲坐在矮凳上择菜，妻子正在晾衣服，孩子正在观察一只蚂蚁的去向，你就莞尔了；从家出来，院子里有落叶，菊花夜里发了好多枝，叶片上的白露莹莹，一只鸟抓着树枝，好奇地歪着脑袋看着你，你就微笑了。

"庭院深深深几许，赏心乐事谁家院"，一个院子隔出了神秘和传奇；"墙里秋千墙外道。墙外行人，墙里佳人笑"，一道院墙，隔出了诗意和怀想；"借书满架，偃仰啸歌，冥然兀坐，万籁有声；而庭阶寂寂，小鸟时来啄食，人至不去。三五之夜，明月半墙，桂影斑驳，风移影动，珊珊可爱"，一扇院门，关出了一个心灵院落。

这样的院子，是画家《蛙声十里出山泉》的那些弯，是书家浓淡相生的那些"淡"，是文似看山不喜平的"遮"，是九曲桥弯弯曲曲的"折"。每个人都该有这样一个心灵院落，以缓冲世俗巨大的冲撞，以抵御市声喧腾的侵蚀，以营造一个心灵的栖息地，让我们进院看花，开门见树，让鸟声入梦，让明月半墙。

繁复之美

◎马亚伟

第一次感受到繁复之美，是看一档介绍苗族服饰的节目。华丽的苗族服饰，简直把繁复之美演绎到了极致：复杂多样的图案，鲜艳夺目的色彩，华贵亮丽的装饰，织、绣、挑、染的技法，让服饰花团锦簇，流光溢彩。我不能想象，这样的服饰，如果纯手工做下来，会是一个多么浩大的工程。不过苗族人喜欢手工做的服饰，包括复杂的头饰，通常也都是手工打造的。

因为服饰中融入了太多心血和情感，所以更觉美丽珍稀。这种繁复之美，是姹紫嫣红开遍，是乱花渐欲迷人眼，是千树万树梨花开，是可爱深红映浅红……让人在眼花缭乱中感受到一种视觉冲击。这种美，华丽、繁复，有铺天盖地之势。

原来，繁复也是一种美。《诗经》里的那些朗朗上口的诗歌，哪一首不是一唱三叹，反复吟咏？《关雎》里再三吟唱"窈窕淑女，寤寐求之"，把痴情男子的九曲回肠唱了出来。《蒹葭》里更是唱了又唱："蒹葭苍苍，白露为霜。所谓伊人，在水一方。"让听者好像回到了几千年前那个秋水澄明的清晨，聆听到男子的心声。

再读李清照的"寻寻觅觅，冷冷清清，凄凄惨惨戚戚"，才知道，有一种美叫作繁复。繁复是一种淋漓尽致的表达，是一种浓墨重彩的抒写。

如果说简约之美是用一朵花代表整个春天，那么繁复之美则是用整个春天铺陈一朵花的渴望。简约有简约的美，繁复有繁复的美。繁复之美要一唱三叹，要起承转合，要铺陈渲染。

很多艺术形式里都有繁复之美的存在，不光是文学，戏曲、建筑等等都有。京剧中长长的拖腔把情感表达得更深更细，园林设计中的九曲回廊、山重水复、浓翠掩映，是为了让我们感受柳暗花明之美。

生活中，我们崇尚简约，也喜欢繁复。繁复也是一种生活的方式，朋友装修房子，把房间的每个细节都做了精细的设计。看着她手上那一大沓图纸图片，我笑她："你也太不厌其烦了吧！"她得意地说："我享受这个繁复的过程，因为心中有爱，就想把自己的心思像蚕吐丝一样一点点都展现出来，乐此不疲，乐而不烦。"

繁复也可以体现我们细密的心思。那次看朋友买了一大包东西，准备去看父母。她说："这是我妈爱吃的金丝小枣，我爸爱吃的无糖蛋糕。还有我爸的剃须刀，我妈的化妆品……"她列了一个长长的单子，上面密密麻麻地写着父母的喜好和需要。一大包东西，吃的、用的，每一样都是女儿的一片心，满满一包都是爱。还有个正在恋爱中的女孩，每天都会给恋人写情书，不发短信，不发邮件，而是用钢笔手写在纸上。

原来，爱也要如此繁复。因为爱，心思变得细密如丝，千丝万缕、纵横交错中都是爱。唯有繁复，才能把爱表达得淋漓尽致。

　　生活中少不了繁复之美。不光是生活，人生也是如此，疏密有致，方能和谐。

如浴清欢　便是桃源

◎杨　晔

桃源不在陶渊明的文字里，桃源亦不在避于市的深山中。如心灵邂逅了清欢，桃源便在心间。清欢是苏轼笔下的"淡烟疏柳"，也可能是"人间有味"，但这个味道却是雪沫乳花的淡茶，是野菜的本真。倘若五味杂陈，那便难得清欢。

清欢是什么？林清玄以为清欢来自对生活的无求，不求物质条件，只讲心灵品位。当品尝野菜的味道胜过山珍海味，当从路边石头看到比钻石更诱人的滋味，当静品一壶茶比喧闹晚宴更美好，于是就得到了清欢，清欢就是对平静疏淡简朴的生活的热爱。

我理解的清欢大抵也是这个意思。欢自然是欢愉喜悦的意思，那么清呢可以有很多种理解。因为"清者自清"的"清"实在是一个很美好也很孤寂的意境。

从诸多的"清"中，我们能感受到欢愉。像一杯绿茶清新不俗，似一碟野菜清淡无味，若一竿瘦竹清雅品高，犹一盏佛灯清寂不嚣，如一隅净土清净不杂。

然而如此多的"清"倘若被切身体悟，归根还是心灵深处的清净。心不清，凡事都不静。

有人说，如今的乡下没有清欢，城市不能清欢，也有人说俗世难得清欢，盛世无须清欢。其实清欢是心灵的安静，不是周遭的寂静。清欢是心灵的平静，不是环境的安然。清欢是心境，不是环境。

不必埋怨清欢难觅，眼不见青山绿水、翠竹晨雾，瞑目遐思海阔天空，清欢在一念间。耳难闻丝竹古琴，把盏问茶仙境自来，清欢就在茶雾里。

在草原上看草浪翻滚，层云掠过，纵马驰骋于清风中，不管世人为名利癫狂；在西湖看画舫华丽，游人如织，悠闲泛舟于湖碧心，不问凡尘为权势角逐。这也是清欢，万马奔腾是狂野的清欢，漫步湖畔是安静的清欢。

世人以攀贵为荣，以比富为乐。清欢自然不属于此。清欢是心灵深处的安静，是安于世的清净，是乐于世的愉悦。然而清欢不是迂酸的儒雅，是真正的源自心底的安愉，是来自内心的静雅。清欢不是傲娇的自赏，清欢是真正悟道的境界。

清欢是没有十里桃花的渲染，却仍旧是三生三世的倾情。清欢是没有伯牙子期的邂逅，却依然有高山流水的从容。清欢不慕世间繁华，不逐俗世名利，清欢能守得住寂寞，能耐得住孤独。

清欢更是一种情怀，是在自己的世界里对月自斟中悟乾坤，是在内心的深处问茶独饮间悟人生。

村上春树不喜欢交朋友，他从清欢中让自己的作品散发独特的味道。钱锺书躲在家里拒绝记者采访，他从清欢中让自己的著作散发着哲思的光辉。张爱玲几次易居，躲避公众视线，她从清欢中让自己的小说散发着诱人的魅力。

以清为欢的人生是安和的境界。倘若以浊为欢，人生不只是无味，甚至是乏味。

林清玄说："第一流人物，就是在清欢里能体会人间有违的人物，就是在污浊滔滔的人间，也能找到清欢的人物。"

如果你在随心所欲中沐浴清欢，那么你就随时随地都在世外桃源间，你就是世间第一流人物。

在 窗 边

◎张金刚

　　朋友晒出一张图：一只漂亮的猫咪，在透明的玻璃窗边，双目圆睁做侧耳倾听状；窗外虚化的槐花繁盛垂挂、若萦幽香。朋友附语：它也在倾听春天花开的声音？在窗边，猫咪静听花开，多么美好的画面！一时，自己也愿做猫咪一只，静静地听观窗边，享受生活。

　　我的电脑桌，便设在窗边。透过纱窗，远山、近房，蓝天、白云，昼夜、四时，如打了马赛克一般的景致，一窗收览，尽在眼前。闲暇时，坐在电脑前，轻轻敲击键盘，用文字表达内心的点滴。偶尔，呆呆地望向窗外，思绪游离间，灵感顿生，这体验最是美妙。"扑棱棱"，两只鸽子，飞落窗台，"咕咕"地亲昵对语；我断不会惊扰，而是悄悄将两只精灵记入我的文字。在窗边，成就了我的文字，文字也成就了我。

　　新房在十四楼，卧房有一飘窗。面积虽不大，装修也简单，但足以供我铺一方毛毯，摆一条长桌，依窗而坐，随心而为。读书，是首选。捧读，最有感觉。手腕酸疼，亦是享受。正所谓开卷有益，只要展开书，便可获真知。听歌、品茶，是上选。有了音乐，便有了情趣；有了香茗，便有了滋味。正应了"品茗听琴"的意境，一品一听之间，心静了无尘。每当忙碌后归家，这一方飘窗便是天堂。在窗边，营造一丝闲情，还回一身轻松。

我不会侍弄花草，妻便勤快地养了，供全家欣赏。临窗的柜台上，一盆盆各式花草，摆成行，摆成堆，摆成园。借着窗内阳光的温暖，花草快乐地滋长。虽算不上娇贵，却足以让窗边春意融融、姹紫嫣红。窗外，风雨变幻；窗边，花草荣发。这种自花其花、自香其香的坦然与淡然，让我学会了从容、超脱地面对生活。妻常催我给花草浇水，我虽怪她"懒"，却也乐于站立窗边，一滴滴浇灌下去，更待随时看娇艳欲滴。

每次出门远行，我总爱坐在靠窗的位置，且感觉那是一种优遇。扭头间，便可看到窗内情形，看到窗外风景。坐班车，看风尘仆仆；坐高铁，看城乡交替；坐飞机，看浮云在天。每一次坐乘，都是一次全新的体验；窗不变，风景在变；风景不变，心情在变。正因爱窗边，那次登机后，发现座位在窗边，便如中了彩票一般，兴奋一程。飞机爬升、平行、降落、颠簸，双眼从未离开窗外，心也跟着紧张或舒缓。因在窗边，让难得的旅程，情趣盎然。

饭店就餐，紧临窗户的座位，甚是抢手。边享受舌尖上的美食，边收纳眼球里的美景，想想，就满是期许。最好是在异地他乡，窗外陌生的街景、陌生的行人；窗边一对伴侣或三五好友，甚至就遇到自己；特色小吃摆上，慵懒地慢慢品食、回味。这场景，绝对诗意满满。曾在江南一水乡，坐在二楼推开的窗边，听着小曲、品着小吃，看柳辫婆娑、小舟摇曳、行人熙攘；穿越之感，让人不知日月，忘乎所以。

曾经住平房，年幼的女儿，总爱趴在窗边，等待下班归来的我们。每当走进院里，我都会朝窗边望望，期待看见那张稚嫩的小脸儿和那双渴望的小眼儿。若她在，我便高兴地边晃动手里的好吃的，边飞奔入家门；而她早已撩起门帘，等着抱住我的腿。我视此为莫大的幸福，心一时被融化。当年，我也如女儿一般，在窗边痴痴地等待父母。如今，我已离家，女儿已长大。在窗边，父母开始期待看到窗外的我；而我，也开始期待看到窗外的女儿。

在日本一些企业，会把窗边最好的一排位置腾出来，给年过五旬、丧失创造力的人用，让他们喝喝茶、看看报，度过职业生涯最后几年。这帮人，被称为"窗边族"。想来，虽略带凄凉，却也足见人性的光芒。

窗边，总给人一种通透的新奇感，一种闲适的获得感，一种静心的安全感。只要在窗边，不管干点啥，总是有一种自足的快乐在洋溢。我虽未老，却时刻想坐在"窗边"。在窗边，我能看到窗外的世界，更能看清窗内的自己。

蛙 鸣

◎孙君飞

夜深人静时会醒来，这几夜我时常听到蛙鸣。

也感到意外，我居住的地方毕竟属于钢筋水泥筑起的小城，既无池塘，也无稻田，那些蛙究竟在哪里鸣唱？从蛙鸣声判断，蛙们并不沮丧，更不忧愁。它们似乎得了水汪汪的所在，周围百草丰茂，吃喝不忧，悠然自在。就想起最近是下过雨的，又临近处暑，空气潮湿沁凉，这样的夜晚确实适合蛙们吟唱。

我不点灯，睁着眼睛平躺在木床上。

室外尚有微光吧，室内的夜却真黑啊，黑漆漆的黑，伸手不见五指的黑，煤的黑、墨的黑，海底的黑、时间之底的黑。我喜欢这种黑，黑里又传来阵阵蛙鸣，真是一个躺多久也不会疲倦、听多久也不会厌烦的良夜。蛙鸣似乎也是黑色的，即使称不上纯黑，也算得上墨绿色。蛙鸣声吸足了水，得了夜晚十足的精神，听起来浑厚敞亮，节奏整齐、旋律简明，与黑夜浑然一体，勾不起人的伤心事，也刺激不了人的兴奋点，我呼吸均匀，心跳无声，不曾辗转反侧，脑海里也似乎空空如也。

仅仅是倾听，一动不动地倾听，并非在刻意辨析蛙鸣的层次，而是专注得只剩下一对耳朵。蛙鸣不似蝉鸣那般聒噪，也不似林间小溪水那般若有若无，蛙们都有最好的共鸣腔，它们的声音低沉厚实，却穿透有力，与其说它们在用磁性的声音赞美良夜，不如说它们在用淳厚的声音酿酒，使黑夜有了微弱的酒红色，更增添了细品黑夜如饮一口故乡老酒的妙趣。蛙鸣如老人腹语，却不传达乡愁，所以我不会认为它们是从故乡迁移过来的蛙，更不会认为它们是特意鸣唱给我听的。从这阵阵蛙鸣声中，我听不出任何的呻吟、悲叹和诉求，蛙鸣声自然畅达无阻滞，来去自如、强弱由己，响一阵再歇一阵，假若有指挥棒，在黑漆漆暗夜里也失去意义，蛙们不为任何一个听众合唱，只为自己歌唱。我在蛙鸣声中听出生命的喜悦，也听出活着的自得，再响也不惊人好梦，反而慰藉了三五个失眠者吧。

这蛙鸣似乎从土壤的深处发出，带着可耕层的富足和温度，又具有摇摇升腾的空灵，被黑夜浸透，又能够避免黑夜的重量过沉，对人产生压力，却不知是黑夜覆盖着蛙鸣，还是蛙鸣覆盖了一片黑夜。倾听着蛙鸣，我想起熟透的果实、繁盛的草木，以及瓦上生着瓦松、室内光线昏黑的老屋。黑夜里，有的果实在腐烂，但不会散发异味，那些草木背负着盛夏的负担，正在迎接秋意，讲故事的人离开以后，老屋里躺着回味故事的孩子，像此时此刻躺着倾听蛙鸣的我。这蛙鸣我太熟悉，在不同的地方听过无数次，它像流传已久的民间老故事，也像一首经典易懂的古诗，我把自己放进去也合辙押韵。在这样的黑夜里，我不是一个崭新的人，有所幻想，却不离奇怪诞。我亲近着声声蛙鸣，我在加重，具有土石的特性，我也在减轻，仿佛不再是一个沉重的名词，而成了蛙鸣的一个轻逸的形容词。

传进耳朵的蛙鸣并非此起彼伏，它们只是一小片，那群蛙只是一支小小的乐队，估计有十多只。蛙们肯定不是躲在洞穴里演奏，如果是室内乐，我就不能听到。我猜想它们应该在一处四周没有障碍物的空地，即便是一片废墟，也有让它们感觉安全舒适的积水，树木在远处，楼房在更远处，小城的灯光早已熄了，夜晚黑漆漆，真正的黑夜，有微光，那也是梦的镶边，天上的星辰在无声运转，风在地面上走走停停，刚下过雨，空气也清新，这的确是一个值得蛙们吟唱的良夜。蛙鸣太整饬，太有规律，没有期待它照样发生，也不用担心它们遭受惊吓戛然而止。这蛙鸣仿佛一道高不过脚踝的波浪，自远至近，徐徐而来；有时候，我又感觉它具有古建筑的整饬美，用声音建起来的一座古建筑，井然有序，气质敦厚，当你嫌弃它单调时，蛙们又用它们出众的共鸣腔给你造出一道曲折别致的回廊。一切都在黑夜里完成，蛙们技艺娴熟，神气笃定，连最好奇的人也不会前去搅扰它们。蛙们忘我地演唱着，出神地等待着更加完美的回声。

蛙鸣短暂地停歇了一阵，我渐渐听到蟋蟀的"唧唧"、其他鸣虫的"叽叽"，即使一千只昆虫在鸣唱，我也忽然觉得过于纤细薄弱了。

蛙鸣会响到天亮之前，然后蛙们会神奇地离去、消逝，我不会去寻找它们的踪迹，它们好似居住在自己的蛙鸣声中，那是无数天籁的一种，在抖落不净白昼的噪音之前，我无须前去拜访。

接连倾听了几夜蛙鸣，我睡得很好。

水的启示

◎丁 玲

　　形容女子，女孩儿是水做的；形容时光，叫似水年华；形容心态，便是心如止水。

　　读国学经典，发现古人喜欢把一些枯涩难懂的道理以水做喻。比如《老子》中的"上善若水"，最高境界的善行就像水的品性一样。水乐意使万物滋长而不与它们竞争，它甘心居于众人不愿处的下位，所以最接近于道。处世要像水那样安心低下，办事要像水那样灵活变通，行动要像水那样相机而行。正因为圣人像水那样与物无争，所以才彰显伟大。

　　再看《孙子兵法》，"兵形象水"是说用兵的规律就好像水一样。水的规律是避开高处而流向低处，用兵的规律是避开实处而攻击虚处。水流是因地形来决定流向，用兵是顺应敌情变化来采取制胜方略。所以，用兵没有固定不变的方法，就像流水无固定不变的流向一样。

　　佛经上则这样说：万物如水，万物轮回，没有一样事物是永恒不变的。

　　水与人类更是有着极深的渊源。有水是星球有生命的基础。水是力物之源，是万物的供养者。而做人，更应该像水那样——

119

清清白白。

水被赋予了太多的意义，那么，它又给我们带来哪些启示？

其一，水有一种以柔克刚的精神。以柔克刚是中国传统文化精神。最为柔弱的水可以穿透坚硬的岩石，可见水表面虽软弱，却有一种不可阻挡的力量。水就胜在有这种柔弱的力量，这种力量，便是我们需要具备的优秀品质，也是一种人生智慧。

再往更深一层的意思去说，天下再没有什么东西比水更柔弱了，而攻坚克强却没有什么东西可以胜过水。这是一种独特的思维。遇到事情找简单的方法去解决，做到以小胜大、避实击虚、曲线灵活，放弃硬碰硬的做法，不要针锋相对，不要以死相拼，懂得这些，我们的生活便会灵活和简单。

人们赞美水，其二便是因为水有一种博大的气魄。相信大家都去过海边，面对大海，一切烦恼便无影无踪，一切失落的疑问也找到了答案。而一个人若做到这一点，就是优秀的人，就是有领袖气质的人。同时，他也会获得内心的宁静和灵魂的升华。这是一种境界。

其三，水有一种千变万化而又含蓄内敛的姿态。这是一种为人处世的态度。做人，就要做到这一点。内外兼修才会赢得别人真正的尊重。

水，可以容纳万物。那么，就让我们做一个品质如水的人。

心平气和　云淡风轻

◎鲁先圣

　　有朋友问我，怎么看不见你有生气的时候？你总是心平气和地看待人和事，可是，世间有那么多的不平，请你告诉我，你是怎么忍耐的？怎么控制自己的情绪的？

　　我说，我没有控制情绪，我也没有刻意地忍耐什么，我没有感觉有什么不平需要忍耐啊。

　　生活中总是有这样的人，总是叹息"往事如烟"，总是哀叹"人生如梦"，总是沉浸在灰色的世界里。其实，我们每一天的眼前的这一刻，瞬间之后就成了往事，就成了记忆，而且不可改变。我们唯一可以把握的，就是这一刻啊！把眼前案头的这一幅字用心写好，把手边的这一篇短章写好，把你手头的一件件小事做好，你就拥有了你的一生，也就拥有了整个世界。

　　我画了一幅竹，很多朋友甚至一些专业的画家朋友说，你画的竹秀美而灵动。我又画了一株兰草，朋友们又说，你的兰草修长而洒脱。我写扇面，用细细的狼毫，写在烫金的扇面上，朋友们说，扇面真是美极了，典雅飘逸而安静。有朋友就对我说，有的人画丑石、病梅，写拙字，你的作品，无论画还是字，特别是你的散文，怎么都是美和雅呢？我说，我没有思考过这个问题，没有过画丑还是写美的取舍，我看到的世界都是美的世界，我遇到的花草都是美的花草啊！

我的新书《人生都可以如诗如梦》出版了，很多朋友问我：人生的意义是什么？我告诉大家，人生的意义就是你选择了你喜欢的生活，并把这种生活变成了现实，你的一生，不是为谋生活命而奔波，而是每天走在追求的路上。

我最喜欢的两首诗，一首是宋代杨万里的《桂源铺》："万山不许一溪奔，拦得溪声日夜喧。到得前头山脚尽，堂堂溪水出前村。"我很年轻时读到这首诗，写到各个日记本的扉页上，激励自己相信未来，相信自己终究会有锦绣前程。

另一首是中年以后读到的，东晋诗人陶渊明的"纵浪大化中，不喜亦不惧。应尽便须尽，无复独多虑"，告诫自己以宽阔的胸襟看生活看自己看世事。

前一首是我青年时代的座右铭，后一首是我中年以后博客与微信的关键词，都是我人生的引领。相信读懂了这两首诗的朋友，会与我一样，不论在人生中有怎样的经历，都可以放下，都可以云淡风轻。

有很多原来交往的人最近接连出事，一个中学同窗主政一方，政绩本来还是不错的，但是因为经济问题锒铛入狱。一位大学的师弟，本来是一家教育媒体的资深媒体人，没有想到也因为包装一个学校受贿而入狱。

这样我想起了一段话，那是富兰克林说的：一般人的最大缺点，是常常觉得自己比别人高明。"法网恢恢，疏而不漏"的道理是谁都明白的，为什么还会犯这样的大错？太相信自己的聪明了。自以为聪明的人往往是没有好下场的，世界上真正聪明的人，是老实、诚恳、谦逊的人。

结果与作为密切相关。你的卓越、成功和骄傲，是你自己辛勤付出的结果；你的劫难、万劫不复的错误，也源于你自己的内心，而且没有人为你分担。

屠格涅夫说："自尊自爱，作为一种力求完善的动力，却是一切伟大事业的渊源。"假如我们每一个人时刻能记得这句话，并以此为立身之本，自尊自爱，我们的人生，哪里还会有迷惘，哪里还会有灾难？

"谁不能主宰自己，谁就永远是一个奴隶。"苏格拉底的这句话说得太好了，我们每一个人，都要努力做自己心灵的主人。

与物为春

◎谢云凤

友人凝是一个很有生活情趣的女子，蕙质兰心，总能将平淡的生活装点得诗意盎然。即便在万物萧条的寒冬，身在南方没有暖气的凝，依然常常在朋友圈展示生活的喜悦，九宫格照片全是缤纷多彩的鲜花，那是她在温室里精心滋养的花朵。

彼时，南方正大雪纷飞，而我隔着迢迢千里的距离，看着朋友圈里凝的笑靥和花的倩影，分明感受到了四季如春的气息。

蓦地就想起庄子说过的话："与人为善，与物为春。"原来，四季轮回只是自然的时序，并不能阻碍花开绚烂和心的飞舞，只要我们有一颗向善向美的心灵，同样可以在白雪皑皑的冬季嗅闻暗香袅袅。

贾平凹先生在一篇散文里写到他喜欢的一种生活，即是："院再小也要栽柳，柳必垂。晓起推窗如见仙人曳裙侍立，月升中天。又是仙人临镜梳发；蓬屋常伴仙人，不以门前未留小车辙印而憾，能明灭萤火，能观风行。三月生绒花，数朵过墙头。"

初读此文，开篇读到这段话，便觉意境空明，行文清丽，脑海中随之浮现的便是一幅世外桃源般的雅致生活之画，花草相间，仙气冥冥，似是人间天堂，又如海市蜃楼，让人浮想联翩。

恨不能穿越至那远古年代，过一日把酒吟诗的惬意生活。

　　想不到贾平凹先生的心里竟也有这般细腻柔情，懂得经营生活的细枝末节。假若住进这样垂柳妖娆、绒花灼灼的田园小院，春的暖意一定扑面而来。贾平凹先生触目所及，不仅是花红柳绿的美艳，更有从心底不由自主生发的灵感与才情。这对于一个作家的写作，和心态的呵护保养，无疑是最重要的外在熏陶。在这样如沐春风的环境中，无论是写作，还是生活，都能达到与自然和谐妥帖的状态。

　　想一想，我们平日的生活，习惯了在四季变换中适应面对，去承受冬的枯寂严寒，去享受春的意蕴悠然，却忘了"万物静观皆自得，四时佳兴与人同"。是啊，世界万物的流转，与我们的慧眼和心态有关。你有什么样的心态，用什么样方式对待，万物就会呈现什么样的状态。

　　遇到困境时，我们常常安慰自己："冬天来了，春天还会远吗？"凭着这句经典鸡汤，我们习惯了等待春光的照拂，让它来拭去蔽日的阴霾，却忘了眼下的寒冬，并不只有煎熬，它一定也有如春般的美好，藏匿在被你忽略的角落。

　　这一生，我们遇到的困境寒冬，不可估量，经常也是来得猝不及防。凡人做不到处变不惊随遇而安，常常陷入其中痛苦沉沦，过得暗无天日。我也曾是这样，为了鸡毛蒜皮的小事生气流泪，回头想想又何必。直到看到汪曾祺先生的书，被他那种大事化小、小事化了的人生态度影响，才开始慢慢转变为人处世态度，竟觉得日日有惊喜，处处春常在。

最让我印象深刻的是汪老的散文《沽源》。那时候，汪曾祺被发配到沽源县城，去那里的马铃薯研究站画马铃薯图谱。在去沽源的路上，汪老受尽了路途奔波、车马劳顿之苦，到了县城，眼见一片荒凉萧瑟的衰败之景，本该触景生情哀从中来，他却对边塞之境充满了探寻的乐趣。在少风多雨的沽源城墙，他发现一簇灿然盛开的波斯菊，微风吹拂，珊珊可爱。汪老欣喜地流连了一会儿后自言自语："谢谢你，波斯菊。"

多么可爱的汪老啊，在他眼里，沽源在凄凉之中自有一分颜色，一点儿生气，严寒也不足畏惧了。

我喜欢这样的心态和智慧，不是没有挫折和失落，但那又怎样，眼下依然有值得热爱的美好，有触动心灵的感怀啊！沉溺其中，忘却凡尘，春常在心中！

青涩的青

◎马　浩

　　青涩的青，是初春树皮的颜色，是花褪青杏小的那只青杏，它稚嫩的质感，蓬勃的冲劲，有种不谙世事的天真，或以为，它属于青春的色谱，实则，它更像一种不世故的年轻心态，有着过尽千帆皆不是的执着。

　　小杏青，琵琶黄。一青一黄，青涩与成熟，不能不说，时光是催化剂。有一天，我突然发现自己似乎从来没有成熟过，这一发现，让我惊诧。不为别的，我是怕从此失掉了内心一隅的天真。

　　青涩，通常是酸的，回味的酸，无不充满甘甜，正像哑品甘时，余味常常会泛着酸，世事往往就是如此奇妙，不可思议。

　　年少时，心底流淌着清凉的春水，满目的欲滴苍翠，揉不进星点的沙尘，一切是非的标准，但凭一己内心的判断，自认为是对的，就坚持，不计后果。

　　高中住校时，临铺的同学，跟我是无话不说的铁哥们儿。他喜欢在寝室高谈阔论，收不住嘴，熄灯的铃声已响过许久了，他还在那里滔滔不绝，扰人清梦，被同学告发。课堂上，班主任老师点名批评他，他还抵赖，不认账，老师便让我揭发他。当时，我就想，打小报告的人真可恶，我可不能出卖朋友，心里这么一盘算，嘴上便言出了心声，一时便把老师晾在讲台上。后来，看到一部《闻香识女人》的电影，不由得便联想到高中时的那一幕。

去年，我路过那位同窗所在的城市，一时心血来潮，下车去看望他。晚上，我们都喝高了，他送我到宾馆，老夫聊发少年狂，一路抱肩搂腰，他的话依然是那么密。

到了房间里，聊兴方兴未艾，一任茶水在桌子上散淡着热气。我们聊的话题，没拿眼下的热门应景，而是捡拾过往岁月的点滴，自然也绕不过那次"告发事件"。说得风轻云淡，仿佛在说着某个小说的情节，当时，他曾咬牙切齿地发誓，一定要找到告密者。他说，同窗之谊，真是奇妙又诡异，同学多年，有的根本就没有说过话，交往更是无从谈起，不过，想着他们却是那么亲切，你能说出个中因由吗？

人情如纸，有时是点不透的，即便点透了，那又如何？你能见到标准答案吗？佛言有云，一切有为法，如梦幻泡影。人是以心灵与这个世界发生密切联系的，人有病，天知否？那一刻，我看到了一个成熟男人的青涩，从中，也能洞见自己。

都说文人相轻，其实，骨子里透着亲近，嫉妒者除外，那属于个人的品质问题，是另一个范畴，不是有这么一句话，爱的对面不是恨，而是漠视。文人以文会友，惺惺相惜，那份天真烂漫，透着人间的温暖与美好。

一个月朗星稀的夜晚，苏轼正解衣就寝，一束月光透过窗户，正好打在他的床上，他循着月光，但见空中孤月一轮，清辉如水。遂又穿戴好，步入庭院，突然想到了居住在承天寺的好友张怀民，于是，借着月色去找张怀民。"怀民亦未寝，相与步于中庭。庭下如积水空明，水中藻荇交横，盖竹柏影也。"

在承天寺，他们都闲聊了些什么，不重要了，此时，他们的心是相同的，他们心底都住着一个老顽童。

苏东坡对生活是保有一份童心的，有着一份无邪的任性，喝醉了，曾与童子相藉而眠，他是个饕餮之徒，被贬黄州时，他发明了东坡肉，他有首《食猪肉诗》，很有趣，诗曰："黄州好猪肉，价贱如粪土。富者不肯吃，贫者不解煮。慢着火，少着水，火候足时它自美。每日起来打一碗，饱得自家君莫管。"他有一段写他作文快意的文字："某平生无快意事，惟作文章，意之所到，则笔力曲折，无不尽意。自谓世间乐事，无逾此者。"那份天真不染纤尘的形象，跃然于字里行间。无独有偶，当代大家汪曾祺也有过类似的文字，他说写完一篇得意的文字，大有提刀四顾的快意。"对自己说：'你小子还真有两下子！'此乐非局外人所能想象。"

世事洞明，心底尚留有一份青涩，就像不懂爱情的初恋，不被外物所染，只关乎内心，心态便会宁静、泰然、充满活力。

安禅不必须山水

◎鲁先圣

　　一位哲学家说过，经济的萧条与否，对于一个艺术家来说毫无意义。艺术家生命力极强，不论在什么情景下，都可以活下来。其实，我们每一个人都可以做一个艺术家，活出热情的意义，寻找到属于自己的路，一生全力以赴。

　　尤其对自己，努力到达自己心灵的最深处，看清自己，哪些是属于自己的，哪些根本就不是自己的。对于属于我的，我努力握在手中；对于不属于自己的，我不做非分之想。这让我活得轻松愉快，也感到自己的人生明智而智慧。

　　真正的贤者，专心于心灵的宁静，在远离尘世的地方徘徊，在幽静的林中漫步，在苍然的树下冥想，如莲叶上的露珠，享受着来自内心的喜悦。

　　人生中真正的要务就是生活本身。很多人的悲哀是，每天在生活中却向身外找生活，把希望寄托在外物上，而对自己内心的世界熟视无睹。其实，真正的生活，就是你当下的生活本身，人生的目的和意义，都隐藏在当下的生活中。如得心中无事，佛祖犹是冤家。

　　柏拉图曾经训斥一个玩牌的孩子，而那个孩子却说："你为这点小事就责备我。"柏拉图则反驳说："习惯可不是小事。"
生活正是如此，两千五百年前的古希腊哲学家早就发现了人性的
真谛：无数的人，甚至一些已经取得了很大成就的人，正是从开
始看来并不起眼的一些小事倒掉的。而中国古代的谚语"千里之
堤，溃于蚁穴"说的也是这个命题。

安禅不必须山水，灭却心头火自凉。不论处于什么境遇，不
生悲喜忧乐，随缘任运，便没有什么能伤害自己，便无处不是逍
遥自在。

古人造了"度日如年"这个词，意在形容深陷泥泞中的人悲
苦的生活境遇。还造了"消磨光阴"这个词，意在形容胸无大
志、无所事事的人。

其实，无论处于哪一种境遇，都可以有另外的视觉看人
生。顺境，是上苍的恩赐；逆境，是人生的历练。我们每一个
人，都可以用"欣赏时光""领略岁月之美"的心态，看世界、
看他人、看自己。有了这样的心态，我们的世界哪里还有枯燥与
乏味呢？

柏拉图提醒老年人，要常常去观看青年人的舞蹈和游戏，以
便再次享受到肢体已经久违的灵活和健美。

我从来没有这样的恐慌，我每天都兴致昂扬地徜徉在对逝去
青春的回味中。岁月可以把我带到中年、老年，但是，那逝去的
美好花季，依然镌刻在我的生命里，使我的生命总是充满着灿烂
年华的勃勃生机和欢声笑语。

柏拉图还说过，一个人的脾气是随和还是乖戾，可以显示出他的心灵是善良还是歹毒。这话我心悦诚服。人生的无数经验告诉我，那些温和、谦恭、慈眉善目的人，都必定有一颗柔软的心；而咄咄逼人、得寸进尺、伶牙俐齿的人，总是自私、苛刻、冷酷无情的化身。

　　只要认为有未来的事情，就大胆去做，遇山开路，遇河搭桥，永不退缩。在做的过程中，出现过失甚至重大的失误，都是再正常不过的事，重要的是跌倒了迅速爬起来，继续昂首前行。我知道自己的短板在哪里，我也知道自己的毛病，但是，我更知道自己的优势在哪里，这就已经足够。很多人总是刻意回避遮掩自己的毛病，那是因为他依然是毛病的奴隶。

　　有人悄悄地告诉苏格拉底说，一个人正在演讲中诋毁他，说他是一个小人。苏格拉底微笑着说，他诋毁的肯定不是我，因为他说的那些丑陋的品质我身上都没有。

　　这个对话太精彩了，我一直作为自己判断的一个尺度。很多时候，我听到有人非议我的一些行为或言论，我首先检查自己是否有或者没有人家非议的内容，有就改正，没有就一笑置之。

　　同样，当我听到一些过高的赞美，我也清醒地自问，我真的可以拥有那些声誉了吗？因为，只有缺乏自知之明的人，才会因虚假的赞美而陶醉。

　　我们每个人都比我们想象的更加富有，只是我们往往在遇到困难的时候，总是寄希望于他人。当我们得不到他人的帮助，只能依靠自己独自担当的时候，才会发现，自己的身上竟然隐藏着这样巨大的力量与智慧。

世无全才，每个人必有某种闪光的才华，当你对某一种事物兴趣盎然时，你一定不要漫不经心地轻易放过，你要明察秋毫绝不迟疑地发掘并抓住它。因为，或许那正是上苍独赐给你的才华。

不就方圆

◎草 予

　　吴冠中曾说，想出这样一道研究生考题：表现一个村庄，却没有具体的房子；表现一个树林，但没有一株具体的树。有人说，这是提醒不要谨毛失貌，谨慎拘泥于局部而损毁全貌。我却读出别出心裁打破惯常的惊喜和豁朗。

　　常见画作中的村庄，多半是高墙低垣、黛白相间的错落房屋，一条清溪穿桥而过。可不可以不见房舍也成村庄？自然不难，青山为怀，层层黛瓦之上，缕缕炊烟蒸蒸而起，又有谁人不识那一管管炊烟下把酒围炉构建的安详村庄。树林也非满目的笔挺线条，聚木成林不可以吗？夕阳独照，碧岭笼翠，沉寂一片的黛绿被惊飞的鸟群打破，林深、惊鸣都有了，没有一株全貌的树，也不失丛林的活力。

　　规以圆，矩以方，不仅万物自有秩序，有章有法，人们还制定了很多行之有效的规则。一个自如行走在规则之间且面面俱到的人，不见一丝一毫的棱角，处处方圆，也常被说成是玲珑八面的人。

　　但最好不要迷恋规则，像教人作画，有先后，有轻重，有浓淡，处处分明，笔笔有序，这样的画多半千篇一律，没有突遇波澜的意外之喜。规则也好，章法也罢，不应该是一种限制和制约，而更适合作为一种建议和观鉴；它们不是边界，而该是参照。

"学而时习之"，时常温习已经学过的，不只是单纯地复习，而是在已知一条路径之后，去看看是否能够不断另辟蹊径，有所新获，想来只有这样才会真正地"不亦说乎"吧。很多人害怕重复，那是一以贯之的机械复制，如果一次比一次精进，一遍比一遍获益，那么重复只会因沉淀和积累产生根深蒂固的力量，积微成著，积沙成漠，积川成海。

打破规则就需要勇气。这份勇气的前提是对既有规则的敬畏，其次是在规则之外加以探索，唯破不立。不拘一格，但依旧要遵循某种原则，只是区别于长此以往的框条，多了明达和变通，是一种新的丰富和寻找。

知规矩，但不就方圆。

较之完美，真实更美。真实是真切的原生，伴有生命存在的温度，不管是喜是悲，是善是恶，是美是陋，皆如你我所见，有无奈，也有欣喜，有挣扎，也有希望。一切真知、艺术、诗歌……无不从心里长出来，是最明澈的天然之物。"我觉得我成了空空的走廊，风吹过去，在另一边就产生了花朵和万物"，这就是真实的力量，而人在这样的力量面前，费何等的心思都会显得粗陋。

《菜根谭》说，处治世宜方，处乱世宜圆。其实无须非方即圆，也不一定要非方即圆地来处世接人。毕竟，人是需要用一个道理过好一生，而不是用一生来校验一个道理。知世故者而不世故，心中慈悲，并不屑于玩弄规则和人情。如余光中先生所说，未经世故的人习于顺境，易苛以待人；而饱经世故的人深谙逆境，反而宽以处世，知晓冷暖与方圆的规则，并不是要执迷其中，而是要更好地温良地活着，不损己，多利人。

活在当下，就是活在真实里，相对过往与未来的虚妄，唯有此时此地的身临其境，才是抵达。犹如满盘计算，为的不过是落子一刻，至于胜负则是后来之事，那么也就无从事先得知。

与人对得一盘好棋，不是用了多少奇招妙式，如何纵横拼杀，而是自得棋中江山之乐。

岁月打败了我们什么

◎李 晓

  友人老古，白天夜间，常无意识地抓起电话给爸妈打过去，也没啥事儿，就是为了叫上几声："爸爸，爸爸！妈妈，妈妈！"老古说，他这样叫爸妈，就想起自己小时候肚子饿了，扑到妈怀里吃奶的情景。而今叫爸妈，也是为了寻找一种安全感。老古担心，说不定哪天正发呆时，就再也见不到爸妈了。

  老古五十多岁了，一直在江湖上滚打，而今已渐显老相。有天看到老古咳嗽，都咳得直不起腰来了。老古叹息一声，人真要老去了。前几年，老古还洗冷水澡，一气爬上山顶。这些年，身体似乎被透支了，说老就老了。四十岁时，老古还打算，今后找适当时间，驾车带着爸妈去各地旅游。不过，这个适当时间总没找出来。老古说，他突然感觉，自己真的被岁月打败了，心态也柔和下来。以前性格强硬的老古总觉得，凭自己的健壮体魄，一定能抵抗住岁月的侵蚀。岁月流逝到了今天，只有与它握手讲和了，似乎还带着讨好的表情。

  岁月打败一厢情愿的安排，比如体能的衰退，这其实是规律。只是，我们常常忽视了这个规律，或有意逃避着什么。

  有天我去医院探望一个长辈，他已是绝症了，化疗延续着他残喘的生命。我们几个后辈好几次提醒着他，比如交代啥后事，把自己的墓地确定一下，存折是不是还记得放哪儿。这不是绝情与冷酷，是已经看到死神的翅膀扑扇着而来，要对死亡有所准备。但长辈就是不愿意提这个事儿，一次一次嗫嚅着把话题岔开，他还在念叨着等病好以后，去吃巷子里张大娘的酱肉包子、吴老二的卤鸭子。

长辈的想法，也给了他两个儿子最后的信心，他们要求医院用最好的医疗方法挽回父亲的生命。不久后的一天，长辈的一口痰再也没吐出来，两小时后，就落气了。两个儿子哭号在父亲的遗体前，旁边的我们，却没有了悲伤，这是我们意料之中的场景。在太平间，长辈的一个儿子抓住我的手说，哥啊，我们打不赢死神。我很想纠正一下说，是岁月伏击了生命，你得尊重这个东西的存在。所谓活在当下，珍惜现在所有，就是这个道理。

多年前，一群人为梦想做着详细规划，二十岁、三十岁、四十岁、五十岁做什么。那年，一群人再度聚会，发现那些梦想大多没实现。在为梦想奋斗燃烧的过程里，岁月发生了太多变故。一个梦想有千万的人，在一场生意中栽得血本无归，而今他摆一水果摊，安安心心过平淡日子。一个梦想五十岁去环游世界的人，四十三岁那年，有天出门买伞出了车祸截肢，而今坐着轮椅出门晒太阳也成了奢侈的事，因为推他出门的老婆离开了他。是岁月，让一群人的梦想溃不成军。

还有期许。比如父亲对儿子的期许，得按照自己设想的道路前行，却发生了南辕北辙的事儿。老梁不就是这样的情况嘛。儿子有绘画天赋，他期许儿子将来成为一个画家，精心培养，用心血浇灌。可后来，儿子却成了一个流浪歌手，用一把琴唱遍了大江南北。老梁常急得抓狂，有天儿子带着一个清瘦高挑的女子回家，一下跪地："爸啊，我给您带了儿媳回家！"儿子还说："爸，我觉得这种生活幸福。"老梁一瞬间似乎懂得了儿子，不再干扰他为自己选择的生活。而今老梁的儿子，不再想过流浪生活了，成立了自己的演出工作室，有天他对我说："叔啊，我看见爸的白头发那么多了，我得多守在爸爸身边。"没有这样漂泊的经历，我想老梁的儿子也不会有自己的再次选择。

所以一些事情，你得去经历，至于中途发生了什么，降临了什么，你往往想不到。因为岁月，实在是太强大了。岁月打败的，其实并不是我们的人生规划，是打败了一些束缚自身的条条框框。

听雨江南

◎ 胡正彬

有一千个听雨人，就有一千种感受，江南雨的味道，是与众不同的。如果你没到过江南，你也可以通过其他途径，感受江南雨的神韵。

你可以在一首诗里，感受江南雨的韵律；你可以在一幅画里，体味江南雨的意境；你可以在一支短笛里，倾听江南雨的呼吸……但你要知道，你所有的感受，也仅仅是江南雨的几个片断，不完整也不贴切。要想完整地读懂江南雨的心，只有去江南，用你的真心，靠近江南雨的柔情，用你的柔情，抚摸江南雨的真心。

不到江南，你永远也理解不了江南，不听江南雨，你永远都感受不到江南雨的心中最柔的那段情。

从古到今，江南都是一块多情的土地，每一个季节，江南雨都诉说着不同的心事。江南虽好，却不是故乡，若有机会，你就在江南住上一年，经历江南雨生命中一个完整的循环。如果时间有限，那就选择春天去，春雨江南，独有其缠绵。若能做到未老莫还乡，就更好，如能埋骨江南，那就是前生修来的缘。

春雨江南，比之其他三季的雨，更有声有色，更有情有性，更知人知心。润物细无声，就是说江南的春雨的。但无论多细，江南雨都有声有色。你不能光用耳朵去听，要用心，你要像倾听爱人心跳一样去倾听。

听江南雨，最好一个人去，哪怕是你最好的朋友，哪怕是你最知心的爱人，也不要同行。

听江南雨，跟品茗和赏画一样，是需要意境的，可不是看足球赛，人越多越好，可以相互交流。听雨不一样，听雨只能是一个人的事，哪怕多一个人，哪怕是一声叹息，都会影响你对江南雨的感觉，就会破坏江南雨的意境。

如果你只想听一场春雨，也要早早地去，赶在春天之前，陪伴江南雨过上一段最寂寞的时光。你要看到第一缕雨丝，是如何润湿小燕子翅膀的，然后闭上眼睛，你就能听到细雨敲打梅花花瓣的声音了，你就知道了，如此纤细的声音为什么却能感人至深。

记住，无论多么动情，你千万不要流泪。春天的江南雨，比你更多情，你若伤心，它会以为是它伤害了你，它会更伤心的。

听雨的时候，你不要坐在临街的窗前，也不要坐在漂泊的船头，小街上来来往往的人影，会打乱江南雨的思绪，春水流过船头的声音，会让你产生错觉，影响你与江南雨的交流。你更不要无遮拦地在雨中行走，江南雨是温婉的，江南雨是内秀的，江南雨不习惯火热的表达，江南雨喜欢和你面对面，或是背靠背，静静地坐一会儿，倾听对方的心跳，感受对方的温暖。如果因为它的多情，伤害了多情的你，江南雨会后悔一辈子的。

　　半山上那座亭子，就是为你准备的。你可以坐在那里，看看烟雨中的山影，看看山下如雾的烟柳，然后静静地闭上眼睛，你就会把自己想象成一线雨丝，在江南的青山绿水间，轻轻地飞舞。你会发觉，江南的雨每一个时刻，都有一个主题，每一个主题，都述说着不同的故事。

　　如果你还年轻，一定要有自己的事业，你可不能只为一个情字，老死在江南。如果这样，你就误解江南雨了。

　　只要你曾在江南用心地听过一次雨，以后无论在何时，无论在何方，当你心乱如麻的时候，你就可以放下手中的一切，安顿好你的身子，坐下来，如同坐禅一样，静听一段来自你心中的雨声。只要你听到江南雨了，不管多浮躁的心灵，都会顿然安静，如同饱餐之后的婴儿。

第四部分

当花看

草有古意

◎章铜胜

读古诗，容易让人心生古意。"远芳侵古道，晴翠接荒城。"晴日里，碧绿的野草侵占了伸向远方的古老道路，一直连接到远方那座荒废了的城池。青草漫漫，古道绵延，荒城颓圮，新鲜而有古意。

离离原上草，一岁一枯荣。于枯荣之间，原上草已离离，草青了，黄了；黄了，又青了，轮回更迭，是藏在时光深处的沉沉古意。

秋天，水稻收割脱粒后，稻草被捆扎成一个一个的草把。捆好草把，用手拎起，轻轻一旋，往下一蹾，草把散开，立在田里，在阳光里等着晒干。此时，远村静卧，秋水瘦白，草把枯黄，苍茫天地间，田野就俨然有了古旧的意味。

草晒好，垛在田埂旁，远远地望去，一个大草垛，臃肿，和秋天的瘦格格不入。可秋天的田野里，如果没有草垛，那该有多单调。

雪天，四野茫茫，唯有大草垛顶着厚厚的雪，独立苍茫间，有了凄凉的意味，草垛像是田野里的守望者，比风雪夜归之人更有韵味，那是苍然的古意。

周末，去菜市场买了一把红苋菜，回家解开来的时候，才发现这把红苋菜是用蒲草的叶子捆扎的。我将那枚蒲叶拿在手里，仔细地看着，心里竟有些不忍。我想，这枚蒲叶生在水边该是什么样子的呢？也许它该是青翠挺秀的。它会在风中轻摇，它也会捧着清亮的露水在清晨的阳光里浅笑，它的样子一定是秀美的。水边的蒲草是有古意的，它在茫茫的云水间，穿越漫漫时光，该是见过南塘采莲的女子的，也该见过行吟泽畔的诗人。那棵蒲草，青绿而泛着古意。

　　从前，去肉摊买肉，卖肉的小贩称好肉，顺手从肉摊下面扯出几根稻草，分成两股，草根草梢错开，用手指轻轻一绕，就绕成一截草绳，那样麻利。将肉打个弯折，用草绳一捆，红瘦白肥，上面还有一根直楞楞的排骨，这已经是很久以前的事了。买肉的人拎着细细的一串肉，走在路上，引来许多路人的目光。路是乡间土路，两边稻田连着稻田，一个人戴着草帽，穿粗布衣褂，拎一串肉就这样走着，远看是入画的，画里泅着泛黄的古意。

　　草也给我们带来过很多的快乐，我们的快乐也是有着古意的。我们这样玩过草，我们的父辈、祖辈也曾这样玩过草。

　　村边的墙垼上长满了巴茅草，巴茅草的叶子不宽，却很长，边缘是密密的锯齿，平时，我们是不敢轻易碰它的。可巴茅草吐穗的时候除外，我们要冒险抽出巴茅草刚吐出的穗子，用细长的穗子编成小马，拖着长长的马尾，草编的小马真是可爱。

春天，我们到田野里折各种各样的草，斗草。赢了，开心；输了，再去找更坚实牢靠的草。找到了，再去斗。伙伴们斗来斗去，乐此不疲，我们的开心与失落只在一根草上，也只在一瞬之间。

雨季放学回来，走的是田间小路。在田冲里的每一个水口，都能看到鱼在吸水上游，多的是鲫鱼和鲤鱼。我们停下来，蹲在田埂边，顺手扯几根长一点的攀根草，一手伸到水里摸鱼。水口边吸水的鱼多，鱼也不大，并不难摸到。摸一条鱼上来，用草从鱼鳃到鱼嘴穿过去，不一会儿，就穿了一串鱼。在烟雨茫茫的季节里，草青鱼白，拎在手上，一路欢笑，是有画意的。放学归来，捉鱼为乐，我们如旧时的儿郎，早已忘记了先生在学堂里的教诲。

曾经，我们的快乐与草有关，我们的快乐里也透着如原上草般青青的古意。

养 小

◎王太生

清人顾仲写过一本《养小录》，记述各类清淡饮食、清甜小吃的烹饪与制作方法，是一本纸页泛黄的古代菜谱。

何为"养小"？顾仲在书中只字未提，他相信读者的眼力与智商，让人去查阅考证，或者费心思去想。

这样就想到孟子曾对他的学生说过的一句话，"饮食之人，则人贱之矣，为其养小以失大也"，孟子轻视煮饭做菜这类一地鸡毛的家务琐事，认为只晓得吃吃喝喝的人，被人瞧不起，是因为他护养了小的部分而失去了大的部分。言外之意，是说人在满足生活需要之外，还当有精神追求。一味地只专注于味蕾之欢的人，养小而失大。

顾仲当然知道孟老前辈的话，但他喜欢煲汤做菜，没有办法呀，情难自禁。人家早在二百年前就有养生意识了，老本行是行医。他觉得只有吃好喝好，才有干活、做事、创业的本钱，养小就养小吧，大事从小事做起，他干脆把吃吃喝喝之类的小事写成一本书，边学习边实践，吃着自己亲手做的橙糕，喝着亲手熬的暗香汤，口中妙味奔突，鼻翼掠过一缕清香，心中暗暗窃喜。

养小之事，就是下厨房，劈柴炒菜，一心一意做好吃的，心无旁骛。顾仲有几十个招牌菜，诸如，熏豆腐、顶酥饼、鲫鱼羹……这要是放在现在，开个小饭馆，兼顾配送外卖，肯定大发。

养小，或许是捣鼓些小玩意儿、小喜好，贪图些小怡情、小安逸、小意趣，而且还沉浸其中，自觉美好。

衣食住行，寻常百姓每天所做的事是"养小"。

我曾养一小龟，搬家时，人走屋空，一回头，见小龟还留在窗台上的小盆里，心中舍不得，赶紧将它带走。

小龟当初买回来逗小孩玩的，给它喂食，米粒、肉食，一概不吃。它白天匍匐在那儿一动不动，到了深夜，两只爪子，嘎吱嘎吱磨蹭盆壁。有天夜里，小龟顶翻扣在盆上的盖子跑了，跑了十几天后，不知从哪儿跑出来，趴客厅里。小龟就这样一直不进食，卖龟的人说，不吃没事，一旦它开过口，就要定时喂了。有天中午，爱人将瘦肉切碎，放在盆里，人走后，隔一会儿，偷偷观察它。它两只小爪子，攥着肉，开始撕咬，一口、一口……再去看时，肉已吃光。

养小，不外乎是养小动物，其中有小乐趣，它和顾仲喜欢做菜，异曲同工。

喜欢做菜的文人，笔下活色生香，文从小处着手，亲切，接地气，有生活烟火味。

汪曾祺饭桌上的菜，有些是他亲手做的。比如，烫干丝、烧小萝卜、塞肉回锅油条等。他说："拌荠菜、拌菠菜。荠菜焯熟切碎，香干切米粒大，与荠菜同拌，在盘中用手抟成宝塔状。塔顶放泡好的海米，上堆姜米、蒜米。"

王世襄也喜欢做菜。他从前在京城经常骑辆破自行车，车后架上绑着大小锅具，他到朋友家中去做菜。

汪、王，两老头儿，说来说去，其实都喜爱"养小"。

"养小"养的是小闲情、真品位。从前，隐居在江南园林中的人，他们在水榭花池里养红鱼，让眼睛跟着鱼尾巴转；垒石叠假山，让园子里添几分山林烟岚之气；红木案几上，摆几盆微缩盆景，片石有山的纹路，灵动雅致……这些都算是养小。

许多人，年轻时，曾有大志向，梦想成大事，创大业。经历过许多事情，取得过很多成功，遭遇过失败。到了中年，慢慢沉淀下来，喜欢养养花，种种草，摩挲小古董、小石头，钓鱼，做菜，关注到这些细小而充满意趣的小事上来，人生绕了一圈，他又回到"养小"。

江南黄梅天

◎王征宇

  李清照说"伤心枕上三更雨，点滴霖霪。点滴霖霪。愁损北人不惯起来听"，梅雨点滴，如刺绣扎在悠长的失眠里，这失眠也变得美丽精妙了。就这样的，江南黄梅天，雨霖霖，雨雾霏，雨水唱出一支花腔咏叹，起承转合，月余之内声息幽昧绵长。

  几天的大雨小雨，都不敢开窗，怕水汽渗到屋子里。于是，隔着一层玻璃，玻璃上的雾气和空气中的水汽，窗外那些树，田，房舍，影影绰绰，成了老天作画，无比韵致的水墨图；白兰花也开了，笔迹娟秀的小楷一幅，如斯的美，非梅雨碾磨她也不开。水杉、梧桐、竹，雨水里统统洗得叶片发亮，能和最本色的翡翠较高低。梅雨小景，少不得蛙鸣蝉嘶，一路行吟高歌。

  黄梅天的江南，也如一只酒缸，在发酵。

  树上桃、梨，风吹雨打，摇啊摇，撒手掉了下来，摔得皮开肉绽。鸟雀，蝴蝶，蚂蚁，啄一半，烂一半，水里一沤，溢出淡淡的酒味。微生物们无不释放热情。构树的脚跟，突然长出一丛菌菇，不亚于灵异事件；石板上滑腻的青苔，壁上的霉花；几天不在家，席子上的白花毛，便神采飞扬在眼前了。真的很怀疑，在我们所处的世界外，还有另一世界，黄梅雨带来这些不速之客，好像看安房直子的小说，《直到花豆煮熟》到《红玫瑰旅馆的客人》，尽发生些叫人难以置信的事。

地衣也是。咸菜绿，贴着地皮一朵朵，梅雨天才来，有点浪人的不羁。我们捧着小脸盆，一脚一脚走在吱吱冒水泡的茶园，弯腰拾回，溪沟里漂得干干净净；去楠竹山挖两棵鞭笋。地衣、鞭笋、冬菜做成汤，似吕洞宾、壶公、赤松子在碗里唱酬，一撮芫荽童子般静立而侍。江南人吃得眉开眼笑，原来自己和神仙挨得那么近。

江南，是要靠梅雨来排毒养颜的。沟啊，渠啊，都流出活活的水。碎乱的污垢被冲得干干净净，管壁又恢复清透和弹性。江南莹润不老。

夏天初露头角的热，雨啊雨的，就退了烧。

真好。水涨，逆鱼又来了，这是梅雨的馈赠。我的渔家朋友阿连打来电话，让我去看他们捕鱼。其实捕鱼是假的，让我美食一顿是真。大珠小珠的雨，全都落在了下渚湖这口玉盘里。湖阔云低，身披雨衣的阿连，摇橹欸乃而来。船头的桶里，青虾、翘嘴白还活蹦乱跳，逆鱼有沉沉一提。阿连仰脸说，等下我让你嫂子给煎了，带给你家人尝尝。有湖有雨，阿连的世界就可以天长地久美好着。

朋友说，你难道忘了，黄梅天，湿答答，黏糊糊，皮肤像蒙了一层蜘蛛网，洗掉，又滋出来，天地潮闷得像一口蒸笼。

当然忽略不计，爱一个人，若眼里都是他的瑕疵，那还叫爱吗？

如果没有黄梅雨，哪有江南的稻田飘香，鱼肥虾美？哪还有轻烟漠漠如画诗意？也少了雨巷里"栀子花、白兰花"糯糯的叫卖；养不出"酒醒只在花前坐，酒醉换来花下眠"的倜傥才子，也没了采桑的罗敷，浣纱的西施，拨筝的小小，人比黄花瘦的清照。

如果没有黄梅雨，江南还有戏吗？缱绻古雅，既能豢养卓尔小众，又滋养市井百姓的昆曲、越剧、黄梅戏……低低至情，高高至性。一段妖娆的水磨腔汩汩流出，非江南烟雨不能衍生。

自然心性

◎王小星

唐代高僧百丈怀海禅师在洪州担任寺院住持，制定了僧人集体参加生产劳动的"普请"制度，规定钟响后寺院开门，大家一起出寺劳动；到了吃饭时击鼓，听到鼓声，即可返寺吃饭。

一天，他率领全寺僧人锄地，忽然听到鼓声。众僧见师父还在坚持劳动，唯恐被人说成是"偷懒"，只好埋头继续锄地。只有一个僧人听到鼓声后，哈哈地笑起来，扛起锄头就回寺院。众僧议论纷纷，怀海禅师看着他离去的背影说："聪明人啊，观音菩萨的道理，他已经明白了。"众僧疑惑不解，一齐问怀海禅师："此人一听到鼓声就往寺院跑，师父你还没走，他明明是偷懒，不讲礼节，你为何还表扬他呢？"怀海禅师回到寺庙，跟那个先走的僧人说："把你听到鼓声大笑，然后扛锄头先走的想法说说吧。"那个僧人回答："刚才我肚子饿了，听到鼓响，急忙回寺吃饭，有什么不对吗？"

百丈怀海禅师高兴地笑了："人饿了就要吃饭，这符合自然心性，用不着讲究什么虚伪礼节。"

现实生活中，我们总是刻意勉强自己，做违背自己心愿的事情，因此不快乐。如果简单一点儿，顺其自然，反而会活得轻松。

小　睡

◎张金刚

　　靠着墙根晒太阳的一排老人，又有几位小睡在了和暖的阳光里。不管身边打牌、下棋、闲聊得多精彩多热闹，一概不闻不问，垂下眼皮，关上耳朵，打着盹儿，头还不时点呀点的。

　　若偶然被惊醒，眼皮微微向上一撩，眼珠也不带转的，就继续合眼小睡，一副"啥没见过，不过如此"的老者、智者姿态。那种看遍人间悲欢的超然，正是我所向往的老了的模样。

　　我还羡慕那些不谙世事的孩童。吃饱了睡，玩累了睡，睡不好继续睡，且能随时随地小睡过去。见过吃着吃着便小睡在饭碗旁的，嘴里未嚼的米粒儿吐在胸前；见过玩着玩着便小睡在沙堆上的，细细的沙粒粘在肉嘟嘟的小脸儿上；还有小睡在捉迷藏的藏身地儿的，小睡在露天电影场上的，小睡在作业本上的……

　　大人并不恼，小孩子小睡甚是好看，静静的、暖暖的，都不忍心摇醒他，常"公主抱"抱到床上。偶尔睁开小眼儿，叫一声"爸"或"妈"，又沉沉地睡去。只要他不自然醒，电闪雷鸣、敲锣打鼓也难吵醒他，成人怕是再无这种"事不关己，小睡亦酣"的洒脱了。

　　小睡，即短暂休息，短时睡眠，可俏皮地称为"眯一会儿"。深睡也罢，浅睡也罢，闭着眼打盹儿也罢，时间虽短，却消解疲倦，愉悦身心。孔子言道："曲肱而枕之，乐亦在其中矣。"弯曲手臂，枕在上面，亦可酣然入梦，简单自足的乐趣不过如此。孔平仲诗云："夹路桃花眼自醉，昏昏不觉据鞍眠。觉来已失初时景，流水青山忽满前。"马上小睡，移步换景，醒来满眼山色，旅途困顿瞬时消散，周身爽朗。

若有闲散时间，真是可以辟出一境，用以小睡的。最美莫过于骄阳似火的夏日午后，吃过一碗凉面，躲入小屋，垂下蚊帐，肚上搭一毛巾，安卧在床榻上，习习凉风吹进窗来，似拍打，似安抚，不知不觉小睡过去。

倘若小屋建在山林，吹着山风，听着蝉鸣，伴着鸟鸣小睡，那便逍遥似神仙了。再不济，寻两棵树，挂起一弯吊床；撑起太阳伞，支一把躺椅，躺进去，亦可畅快小睡。醒来，周身舒爽，清水净过面，该干啥干啥，精神着呢。

曾去拜访过一位赋闲农村的长者。时间虽是上午，可推开木门，但见他正半躺在一把高背、宽大的藤椅里小睡。右手自然垂在藤椅扶手上，左手托一本线装版古县志搭在腹部，书卷随着均匀的呼吸一起一落。一条小狗趴在跟前，友好地望着我；一树梨花开得正艳，撒下一片花凉儿，有不少洁白的花瓣落在土地上、蒲团上、茶桌上以及长者的粗布衣衫上……

好一幅"草堂春睡图"！我轻拽蒲团，静坐在梨树下，望着这娴静如诗的画面发起了呆。待长者醒来，一起喝茶，聊天，赏春，"问道"，好不称意。

小睡轻浅，却常有梦境光顾。庄周小睡，梦中变成一只蝴蝶，"栩栩然"，颇为"适志"；醒来，依然是庄周自己，不禁"蘧蘧然"。这浪漫的梦境，造就了"不知是庄周梦中变成蝴蝶，还是蝴蝶梦见自己变成庄周"的千古哲学命题，引人遐思。杜丽娘赏春后小睡，梦中与书生柳梦梅在牡丹亭相遇相爱，成就了一段伤情而死、死而复生的旷世奇缘。诸葛亮北伐归来，在帐中小睡，梦到同样白发苍苍的赵云含泪对自己说："复兴汉室大业，就靠丞相您一人了，子龙死不瞑目呀！"壮哉，悲哉，怎不让人伤怀……

当然，我等平凡之人自是平凡之梦，美梦也罢，噩梦也罢，自不必当真。醒来，自做事去。不过，我倒真有过将梦境加工成文之事，也算是一种"妙手偶得"吧。

村上春树是喜欢小睡的。他曾在书中写道："我保持健康的另一个方法是小睡。我经常打盹儿。通常刚刚吃完午饭，我就会感到困意，陷在沙发里就睡着了。三十分钟后，我会自己醒过来。一旦睁开眼睛，我的身体就立刻恢复了活力，头脑也十分清晰。"一觉醒来，满血复活。这感受，我亦有之，想必人皆有之。小睡之前似是过了一整天，醒来又似有一天在等待，一天过成两天，那得有多少事可做，又可做成多少事，足见小睡之可贵。

可往往小睡甚是难得。常见办公室一族头靠椅背或趴在案头小睡；地铁里，白领、工人、学生或靠着或垂头或倚在旁边人的肩头小睡；工地工人靠着大树、墙根，甚至干脆躺在街头小睡；森林消防战士裹着大衣在火场边小睡，抗震抢险战士躺在瓦砾堆上小睡，有的甚至吃着饭便小睡过去……小睡醒来，会有更多生活的精彩、无奈抑或未知在等待。感慨、心疼之余，唯愿这一刻他们能小睡到万事皆空，换来一身轻松。

不论何人、何时、何地、何事，能随时、随地、随心、随意地小睡片刻，总归是美事一桩。朱自清在《荷塘月色》中说："酣眠固不可少，小睡也别有风味的。"这风味，自然由小睡之人去体味吧。

行文至此，略感小累，是时候关上电脑，舒展腰身，闭上眼睛，在沙发里小睡一会儿了。最好如老人、孩童般睡得香香，如庄周、村上春树般睡得美美……

有院如斯

◎刘云燕

白居易在一篇《池上篇》中曾说："十亩之宅，五亩之园，有水一池，有竹千竿。勿谓土狭，勿谓地偏。足以容膝，足以息肩。"他在讲述着中国传统文化中的庭院情趣。

曾到过苏州很精致的园林，它们处处彰显主人的妙趣。在不大的院落里，山水、花鸟、小船、竹子、红花，一切都恰到好处。多一枝嫌多，少一抹不足。在主人的会客室里，镂空雕花的窗外，恰是一幅自然四季更迭的画卷，让人不由得称妙。

现代人，居住在高层的"火柴盒儿"里，有个院子，已经越来越成为一种奢望。于是，在远离城市的乡下，我买下了一个小小的院子，从此终于圆了自己的田园梦想。有个院子，真幸福!

每到周末，回到小屋，我的心情仿佛都突然愉悦起来。乡下没有了城里的灯光，月色就显得更清亮了起来。似乎为了迎接我的到来，那些在城市里听不到声的小虫、小蛙都欢呼雀跃般的，为我演奏一场声势浩大的音乐会。我总是喜欢静静地站在我的平台上，聆听自然天籁的歌声，远山如黛，到处散发着植物的清香。此时，我已然成为自然天籁中的一分子，沐着月光，听着歌声，悠然起舞。

院子不大，长宽各六米，围成了一个四四方方的形状。中间我留了一条小路，两侧一边是花，一边是菜。种花的一侧，已经妖娆地开出了各种颜色的玫瑰。喜欢这种带刺的花儿，香气极足。花盛时唯美，即使开败了，花瓣儿也可以泡澡或夹在书页中。小屋里有各种各样的花瓶，里面的鲜花，不用质疑，全都是新鲜的花朵。那些盛器自然也五花八门，有样子笨笨的陶罐，也有如美女细腰的长颈玻璃瓶，还有憨态可掬的卡通杯，走在小屋里，到处萦绕着香气。

种菜的另一侧，也让人欣喜。我们亲手种下的西红柿、茄子，都已经结出了大大的果实，你伸手可摘，随即就能进入油锅翻炒。而丝瓜，似乎格外喜欢二楼的平台，早早地爬上去，黄色的花朵纷纷落下来，而后你惊喜地发现，它竟然开始结出长长的丝瓜来。甚至你不留心时播下的一两粒种子，也会茁壮地生长起来。在小屋里，我开始懂得了四季的轮回，时令与节气，这与待在四季恒温而不知寒暑的办公室格子间里，完全是不同的感受。

有个院子，就可以随意地养一条小狗，而丝毫不用顾及楼上、楼下邻里的目光。小狗喜欢田园，喜欢这个可以自由奔跑撒欢的世界。它会好奇地看着一只青蛙，也会开心地奔跑。我们喜欢到山里去，小狗儿就摇着尾巴，很开心地跟着我们。于是，以我们的小屋为中心，我们把大山里每一个褶皱里藏着的美丽风景，动人故事，都一一去发现和聆听。

不出行的日子，我们喜欢坐在小院里，真正的"花前月下"

泡一壶茶，不管是龙井、普洱还是铁观音，只有和着花香，怀着淡淡喜悦的心情来品，那滋味才更加悠长。此时，你会感觉，自己的心终于宁静、自由，仿佛放空了一切，只听得鸟鸣，闻得花香，陶醉在自然最普通却最打动人心的一切中。

有个院子，我与自然山野相对，感受春的勃发、夏的葱茏、秋的收获、冬的简洁。在这里，我开始学会思索，学会寻找人生的乐趣。在小院里读书、作画，慢慢地把生活过成自己想要的模样。

有院如斯，真好！

不时不食

◎蒋　曼

　　我最爱吃的菜——油爆黄鳝，因为实在太喜欢了，所以一年只吃一次。要耐心地等，等到春天的花都落尽，农人们开始整理水田，稻秧准备分苗的时候。在田里藏了一个冬天的黄鳝，长得圆圆滚滚，这时就待不住了。

　　晚上，被寒冷拘禁了好几个月的孩子打着手电筒，或者点一盏老油灯，挽着裤腿，顺着田塍下到水田里，眼瞅着黄鳝出来看稀奇，手一去，一摸一个准。悄悄地压低声音，生怕吓跑了黄鳝。

　　城里的蒜薹渐渐漫大街时，就是乡下土黄鳝上市的季节。我喜欢在清晨早早地乘车，到最近的乡镇上去——那些依然保持三天一赶集的乡镇上去。早早地，趁露水还没干的时候。晚上捉鳝鱼的孩子，捉了好大一筐，惦记着第二天的好价钱，哪里睡得沉，心急火燎地等着天亮哩！

　　常常是几个孩子簇拥着一个提竹篓的，头上，衣服上的泥还没掸干净，就笑逐颜开地看着问价的主顾。这个时候，买到的鳝鱼才是真正的土鳝鱼。

　　买的时候，要故意和孩子们讲讲价，他们当然不肯便宜点。

他们会讲昨晚在田里多么惊险：突然游来一条水蛇，吓得大家像扑腾的鸭子，最小的孩子没认出来，还大叫"快抓大的"；或者是风太大，捉到后来，脚都冷麻了，他们在田边烧了一堆火，又顺便摘了某家的胡豆，烤着吃。他们七嘴八舌，添油加醋，讲述着惊险而又安然无恙的夜晚，兴奋中有夸张，还夹杂着少年的自得。推推搡搡，又笑又闹，把普通的日常讲成童话剧。买了一竹篓黄鳝，还要附赠乡下的传奇。

把鳝鱼提到市场上，划鳝鱼的伙计殷勤而颇有眼力：嗯。是土黄鳝，有福气。我心照不宣地点头，看他手脚伶俐：口袋里的黄鳝全倒进大盆里，千头万绪的样子。伙计用手指一勾，掐紧黄鳝，挥手一拍，在木凳上敲晕，然后用钉子固定好，提起刀片，嗖嗖嗖，取骨头，取内脏，划成片，一气呵成。血是多了点，君子当然应该远离庖厨，但美食家心中有美味，眼中不见杀机。

鳝鱼变成片，口袋就轻了。回家，用清水冲掉血水，在开水锅里涮一分钟，等鳝鱼身上湿滑的黏液凝固，鳝鱼片变成了鳝段，再次清洗。

泡菜坛子里泡生姜，泡海椒，这时也到了扬眉吐气之时。先切片，再切丝，葱姜蒜，花椒，一样不能少。本来应该加粉丝或者蒜薹，但一年只吃一次的菜呀，自然要它唱台独角戏。

大火，油多，一大盘鳝段迅速倒下去，轰的一声，油粒四溅，火光如闪电，才对得起爆炒两个字。

泡生姜，泡海椒，花椒，蒜，葱，排着队卜锅，叽叽喳喳，炒个不停。

一年才能吃一次的美味呀，要一边唱歌一边炒，要拿着筷子边尝边炒，不要着急。直到尝得满意，所有的味都聚合在一起。

吃黄鳝的人也要齐整，亲人或知己，都耐心地坐在桌边，听着厨房里的油爆声，咽着口水聊关于黄鳝的往事。一年一次的事，当然味觉深刻，记忆深刻。

关火，装盘，油光闪烁，姜黄椒红葱绿，鲜嫩欲滴。一群人的眼睛都围着那活色生香的油爆鳝鱼，东瞅瞅，西瞅瞅，先找一块小一点的下筷子。挑一块，吹吹热气，互相鼓动着：吃吃吃，趁热吃。然后飞快地放进口水四溢的嘴里：天哪，果真是美味无敌。

孔子说："不时不食。"意思是食物要按照时令来吃。从前的食材遵守着光阴的顺序，即使摩肩接踵，也井然有序，考验着人的耐心。在无限期待中积攒着对美食的思念，一次相遇足以记忆一生。如今，发达的科技与运输让许多食材可以轻松穿越时间和距离。在超市明亮的灯光中，粮食和瓜果蔬菜以静物的形式存在，失去了田野生动的背景和故事。

网红小龙虾一年四季都是大排档的爆炒嘉宾，从北风呼啸吃到夏夜酷热。大闸蟹还在坚守自己的脾气，不到秋风起，不会蟹肥膏黄。鱼腥草自从被人驯服后，格外殷勤，随时蹲在市场里，要么长好几米的白色根茎，要么长一头蓬松的叶。想吃什么，就长什么，随叫随到，不会拒绝。倒是春天的笋子依然固执、倔强，你不来，我就长成竹子，只有让熊猫来吃了。

美食的美味除了来自于烹饪，还来自于时间的酝酿。等待与节制不仅是为了美食，所有欲望的满足如果有足够的延长期，稀少即是珍贵，获得就会欣喜。在物质阜盛的今天，我们应当用节制来制造清晰的感动和记忆，不限美食。

当花看

◎卿　闲

　　那条胡同里都是两层楼，密密麻麻的，住了很多人家。多是外地人，有的拖家带口，挤在狭小的房子里。他乡讨生活，阔绰不阔绰，不需要那么讲究了。只要有一个温暖的住处，只要一家人在一起，最简单，也最容易幸福。

　　一楼人家的门都是向外开的，他们的生活，喜怒哀乐，过往的路人都看在眼里。有一户人家很有意思，在门口放了一张旧桌子，桌子上总摆些有趣的植物。比如一个空油瓶剪了上半截，盛了土，放几只大蒜，就长出了青青的蒜苗。一个旧脸盆里养着小葱。一个矿泉水瓶里养着叫不出名字来的小花草，不名贵，公园郊外遍地都是。

　　我喜欢走进那条胡同，人和人之间特别亲切，又喜气盈盈。生活的有趣和热闹都在那里了，人活着简单，知足。幸福就像门前的阳光，洒落在每个人的脸上。

　　那户门口摆放植物的人家，女主人是个年轻女子，又高又瘦，还留着齐刘海儿，很文静，总是笑盈盈的。她家有两个孩子，一个女孩，一个男孩。女孩大些，读小学了，男孩小些，该上幼儿园了。这家的男主人很憨厚和气，是个技术工，在市里上班，每天背着工具，风尘仆仆的，早出晚归。

他们该是整条胡同里最幸福的人家了。每次路过，不管什么时候，他们一家人总是很和乐。

有时，离好远就闻到了馋人的饭菜香味，多半是他们家的。经过他们家门口，果然，女人扎着围裙忙活着，男人在家时则悠闲地哼着小调在门前的桌上掐几根蒜苗或拔两根小葱。

男人偶尔也会站在门口和邻居聊天，他说，我每天下班，只要一转过胡同口，看见我们家门前桌上的蒜啊葱啊花啊，我这心就一下子暖了，哈哈。

那姐弟俩很好玩，也懂事。妈妈做饭，洗衣服，侍弄门前桌上的植物，姐弟俩就在门口玩。咯咯笑，唱歌，做游戏。妈妈干活，一会儿抬头看看他们开心的样子，也跟着笑起来。

不记得哪一天了，我和他们的妈妈聊了两句，赞她门前的植物。我再经过他们家门前，姐姐就笑眯眯地喊阿姨好，弟弟也跟着姐姐喊。那甜甜的声音，那热情和可爱，让人心都糯化了。

有一回，他们家门前的桌上放了个发芽的土豆。谁都没有在意，谁家的厨房里没有过一两个发芽的土豆呢？

日子像往常一样，没有人有闲心去关注一两个土豆的世界。它们也追着时间往前赶，暗暗生长着。然后在某一天就惊了人的眼——青枝绿叶，成了一蓬旺盛的绿色植物。

一个过路人觉得有意思，拿起了青枝绿叶儿的土豆看半天，啧啧称赞，对他的同伴说，好创意，土豆也能当花看。

我正好在他们身后，听到了他的话。想起了之前看过的一幅画，老树画的，和眼前的情景一个模样。一个土豆长成了一株植物，青色的茎，青绿的叶片，很喜人。老树题诗说：土豆已经发芽，不能炒菜下饭，那有什么要紧，可以当作花看。

过了几天，那家的女孩告诉我，那土豆是房东家扔的，妈妈觉得可惜，说捡回来放在门前当花养着吧。

有人说，经营好一个家庭，把日子过幸福，和掌握好自己的人生一样艰难。尤其是女子，要完成角色的转变，从过去的公主学会做一个好妻子，一个好妈妈。生活里那些一地鸡毛的琐碎，很容易淹没了自己。很多人总是说没有了自己，不再有属于自己的时光，甚至改变了往日性情，易怒易躁，或抑郁。

后来，我和小女孩一家很熟悉了。常和他们的妈妈聊天，聊起家庭婚姻，她说最初也有过那样迷茫的阶段。她指指门前桌上的植物对我说，你看，是它们让我变得慢慢平静，那是属于我自己的小时光。我再忙乱，总要抽空去看看那些植物，侍弄它们的时候，心总是软软的。它们是很平常甚至有点俗气，生活不也是这样吗？把它们当花看，心就明净了。

生活就是这样的简素和美好，一个丢掉的发芽土豆，一把葱，几瓣大蒜，都可以养起来当花看。有一个词叫生活家，其实人人都可以是生活家。只要有这样"当花看"的朴素心地和智慧，便可以把平常的甚至乏味单调的日子过得意蕴盎然。

养 壶

◎邓 勤

　　我爱饮茶，但并不讲究茶具。刚开始饮茶时，全部就地取材，水果罐头瓶、老干妈辣酱瓶等皆可为我所用。这些瓶瓶罐罐都是玻璃材质，夏天端着烫手。冬天倒好，端着暖手，就是茶水很快就凉了，喝下去不舒服。另外，冬天在泡茶时，玻璃瓶如果一次性倒入开水，温差过大，很容易爆裂。因此必须先倒少许开水进去，然后端着玻璃瓶轻轻晃动，让整个瓶子受热均匀，这才能够将茶泡好。虽然玻璃瓶冬天泡茶耽搁时间，但是饮茶不就是让我们回归慢生活吗？另外，玻璃材质透明，泡茶时可以看见茶叶受热后舒卷开的过程，也是一种意外收获。我觉得自己倒是挺享受用玻璃瓶泡茶的日子。

　　结婚后，妻见我喜欢饮茶，特意给我购置了一套紫砂壶茶具。妻的美意可不能束之高阁，于是我又开始了用紫砂壶泡茶、饮茶的日子。紫砂壶已经和中国几千年的茶文化联系在了一起，成为受人青睐的国粹。有些人更是将紫砂壶作为收藏品，时时把玩，似乎转瞬间也成为风雅之士。我一向对那些附庸风雅者嗤之以鼻，但于我自己来说，用紫砂壶泡茶、饮茶实在是人生一大美事，可以在时间的消磨中领悟禅茶真味。因为没有任何的功利心，这样倒好，让紫砂壶走下神坛，回归器具的本真。

"人间珠宝何足取，宜兴紫砂最要得。"要论紫砂壶，还得数宜兴紫砂壶最好。许多人竞相高价收购名壶珍藏，犹如五十年前的上海，出现"一两紫砂一两金"的身价。但对我们这些纯粹的饮茶者来说，选壶不必过分讲究，以名为贵，或以稀为贵，那是古董家的事。一般选壶只要是把好紫砂壶用于泡茶善于蕴味育香，使用经久后，就会光润古雅，给你的生活带来享受和乐趣。

什么样的茶该取什么样的壶，沏壶饮茶怎样用好壶和养好壶，这些都是有一番科学方法和养壶之术的。沏好茶的壶，周身是热的，浇在壶身上的茶汤容易被壶热蒸发，同时也容易被壶体表面吸收。壶的表面往往会积有茶迹，这就需要用养壶毛笔或软毛牙刷在壶表面经常刷洗，以保持清洁，这就是"茶汤养壶"。如此日擦洗涤，壶的表面愈用愈光亮，这就是"包浆"。这种包浆用高温高压冲洗都冲刷不掉，甚显品位高雅。

养壶有道。我们可以在每天清晨清洗茶壶茶具时，用壶中的茶渣在壶体周身润擦一遍。这样一则可以擦去壶身的茶垢结渣痕，二则经湿茶叶水磨一遍后会使壶体光润亮泽。或者把瓦片碾磨成很细的粉末，用六层纱布包扎成枇杷大小的布球，趁茶汤浇在壶体时，纱布球蘸上茶汤轻轻抚摩壶体使之洁净光润。在养壶的过程中，我们会让自己浮躁的心灵慢慢平静下来，悠哉乐哉，这就是岁月的味道。

宜兴紫砂壶经久用、久养的功夫培养，逐渐变得浑圆滋润，方敦厚重，珠玑隐现，肌体丰满，包浆宝气，似玉洁莹，像是撩开了神秘面纱，看到了完美肌理的真容。有书画陶刻装饰的紫砂壶若养壶得法，其上笔法、刀法加强了立体感，显得更有书卷气，甚是可爱。因壶适茶，因茶选壶，用壶养壶，养出道理，养出情趣，养出生活的闲适与惬意。紫砂为伴，茶为友，我想这也许就是世人喜欢紫砂壶的原因吧！

风 入 松

◎董改正

风入松时，当是在中秋明月夜。只有这般美好，后世才将这三字放在一处，彼此泠泠。

松子落，一粒粒，不时落在茅屋顶上，幽人高卧，高髻萧疏，衣衫高古。有一枚月亮窥窗，窗外松林，清泉喧响，汩汩汩汩。这样的意境，比唐宋还要远一些。

这个人，不能是春秋的接舆，他狂了些；也不能是唱《击壤歌》的老者，他野了些。他一定要是山林里的嵇康，狂狷洒脱，林下风致。沐浴更衣，焚香净手后，他跪坐在月光里抚琴。曲名就叫《风入松》，风就听到了，轻轻地流过来。

流进松林的风，最好是秋季的风，轻而且清，在树隙间流动，就像拜访一些故人。松涛是大风带来的，大风是从树头上过的，不是入。入是鱼的姿态，风进入林子，就像鱼游进池塘。

风入松的好，到底是源于风的好，还是松的好？

入松的黄袍老怪也是风，一阵黄风就把唐三藏掳走了。入松的白日鼠白胜，该是一阵白风，一包蒙汗药，让差人一阵子好睡。那个抱着绿绮琴的蜀僧，"为我一挥手，如听万壑松"，他当是一阵绿风，风里的钟声，今天我还能听得见。

也有风入竹的。入竹万竿斜，影子如板桥画，清绝可怜。只是惊得鸟曳一声惊叫，划过夜的穹顶，耸人听闻。这不好。也有风入枫树林、白桦林、白杨林、杉树林、山毛榉树林的，但都没松林好。松林的好，在于松香淡淡，在于松子落、敲打出来的寂静，在于有松鼠簌簌。寂静而有声响，寂寞却有生机。除此之外，还有松针，一地金黄的松针，走过的鸟兽，都可以留下足迹，这很美。

　　古琴版的《风入松》，就像是风与松的相谐。泠泠七弦上，静听松风寒。听过唢呐版的，也好，也让人哀伤，但少了泠泠的"寒"，就像月光流过手臂的感觉。古琴版的《风入松》，却是让人心静，譬如坐在上古的林中，孤寂、心安、灵魂洁净，轻轻飞动。最后两个颤音，钟声杳杳，背影渐消。

　　"风入松"书店的接任总经理章雨芹说："经营学术书店，我跟王炜其实是很好的搭档，我学管理出身，他骨子里浸透着文人的情怀，我们的组合，应该是无敌的。"他们的组合就是风与松的相谐。王炜离世多年了。他原是北大教授，1995年，他和一帮志同道合的朋友创办了这个以学术为主的书店，成为北大、清华、人大、首师大、外院等院校学子的心灵居所。"风入松"就是一片林子，而那些进来的人，就是那些清风。

　　在生前，王炜说："写一本书，那是学术，发行十万、二十万，那是传播，我们这里有三万种书可供读书人自由挑选，这个影响会有多大！""知识分子是社会的良心，尤疑负有对社

173

会进行良知渗透、人文引导的使命。"他觉得做传播的风，不如栽一片松林，让风自己来。来过松林的风，见过了许多洁净、自由的高哲，带着松香走了。这样的风多了，世界就会更好一些。

"风入松"书店关闭了，这没关系，你看，你我不都知道这事吗？就像那支古琴曲，余韵悠悠。风入松时，松针簌簌，松鼠簌簌，松影簌簌，松子落到茅屋上簌簌，幽人听到了，换了一下卧姿，也发出簌簌的声音，这些都是余韵悠悠的。

世上所有事物的结局，不外乎三种：戛然而止、渐渐消失和余韵悠悠。最好的是后一种。一个人若是能活成余韵悠悠，就是风入松的境界了。

自然在哪里，如何回归

◎程耀恺

十几年前常去皖南山区，跟几个朋友一道，不攀黄山，不登九华，只沿着一条山道，或者一弯河岸，自由自在地行走。有时遇着杏花春雨，抑或落叶秋风，便敲门试问野人家，或避雨或讨茶，歇歇脚而已。江南的山乡水郭，往往三五户便自成一村，经过几十年来的城市化，现如今村子里，多半只剩下两三户还有人居住了。江南的村舍无疑很讲究，桃李罗堂前，榆柳荫后檐，却村村都有人去（打工或者进城）楼空的房子。见此情景，同行的朋友中，就有人动了这空房子的心思，买之租之，为养老、为创作、为清闲、为避世，总之，都有一个冠冕堂皇的说辞：回归自然。于是托当地朋友联系，既是甲方乙方你情我愿的事，无须讨价还价，一拍即合。买了，租了，继而装修，终于焕然一新，接下来就是选择良辰吉日，出于幽谷，迁于乔木。

兴奋了一阵子，清静了一阵子，冷寂了一阵子，犹豫了一阵子。之后，一个个复又打马回城。

都说事非经过不知难，从朋友们这回归再回归的经历中，我深深体悟到，回归自然，也不是一件容易的事情。首先要弄清楚自然是什么，自然在哪里，然后还要磕磕磨磨通往自然之途有多少，哪条路才适合我自己。

有人说：城市不是自然，创造物不是自然，人类社会不是自然云云。此种说法似是而非，照此法，我们寄居的城市、社区，我们栖身的楼房，我们赖以维持生命的食品饮料药物，我们的劳动工具，出行车辆，甚至阅读的书籍，统统算不上"自然"！照此说，我们是被非自然物包围得水泄不通，尤其生活在城市里的人，走出围城，才能回到自然，过上真正的美好生活。

有一次我碰到一位写文章的朋友，他新近发表一篇大作，他在大作里反复感叹：现代人身陷钢筋水泥森林之中，突围是我们无可选择的使命！我开玩笑地问他：钢筋、水泥的前身，难道是非自然物？钢筋与木材，水泥与砖瓦，难道有本质的区别？王维的辋川别业与余秋雨的上海居所，你怎么区分自然与非自然？经我这么一问，他仿佛若有所思，有一搭没一搭地说："是吗？也是啊！"

辞书里有"自然"与"自然界"之分，我们嚷着要回归的当是"自然界"吧，这个自然界包括：有机界和无机界，有时也指包括社会在内的整个物质世界——这是《现代汉语词典》给出的解说。这么说，"自然"的概念很宽泛，宽泛得像空气，无边无际，无处不在。

如此说来，身处自然，却又信誓旦旦地要回归自然，这无异于捉住自己头发要把自己提起来一样滑稽可笑。

然而，滑稽可笑的事，往往不乏有人一本正经地去做。当代"回归自然"大业，有两大热门：一是旅游，二是隐居。旅游是四处走走，增长见闻，本是一项高尚的人类活动，但是旅游景点，经过层层包装，早已沦为"无烟工厂"，哪里还谈得上真山真水，"旅游"作为一个行业，以回归为口号，以"自然"为卖点，真正的目的离不开促进消费，发展经济；至于隐居，原是古已有之的游戏，遁世避祸者有之，"山中宰相"者亦有之，现在突然有数千人隐入终南山，并被媒体喧嚷得沸沸扬扬。终南山我去过多次，凭我这点收入，要说在那里隐居，绝对是有贼心没贼胆，终南天下秀，山气日夕佳，但是要做到在那里衣食无虑，我就傻眼了。

没有比"诗意地栖居于大地之上"更能深入人心了，不过这句话的关键词却是"诗意"，诗意就是本真，适性，不说什么"二十一条军规"，一条也不能有。众所周知，大地是自然的一部分，人也是自然的一部分，这两个自然的一部分，和谐地叠加到一起，谁对谁都不构成伤害，只能自然而然，只能如《礼记·礼器》所说"礼释回，增美质"，自然而然与释回增美，就是中国式的诗意。

回归自然，是个哲学命题，跟时尚、新潮、作秀，一概不沾边。如何回归，各人自有各人的回归之途。在我，不是到江南买房子，也不是到甲天下的山水里徜徉，更不是到深山老林里离群索居，而是从2017年开始读树。所谓读树，就是踏着二十四节气的节拍，观察我居住的合肥城里城外草木的生长状况，通过访树、认树，从而欣赏树，亲近树，努力让自己也成为一棵树。

寂寞是一种好味道

◎叶春雷

有两种喧闹，一种是时刻想往人窝里挤的喧闹，一种是时刻要博人眼球的喧闹。前一种喧闹，可以用"凑热闹"来形容；后一种喧闹，则近乎自恋，不说也罢。

同理，有两种寂寞，一种是迫不得已的寂寞，想往人前凑，但别人不理你，寂寞；一种是心安理得的寂寞，我自己要寂寞，于是乎寂寞。前一种寂寞，可说是被动的寂寞，其本质还是喧闹；后一种寂寞，可说是主动的疏离，是心想事成。

我喜欢这后一种寂寞，恰如我喜欢的陶渊明或者庄子，就是这后一种寂寞。

真正的寂寞，其实是有一种好味道的。可惜的是我们嗜辣嗜厚味，在厚味中我们的舌头早已迟钝麻木，已经辨认不出真正美妙的好味道了，正如老子所说："五味令人口爽。"整日在喧闹场中度日的人，哪里懂得寂寞的味道为何物？

前面提到，真正好的寂寞是一种主动的疏离。这种疏离可以用庄子的一句话来概括："鱼相忘于江湖，人相忘于道术。"这句话很好地诠释了真正的寂寞是一种什么味道，是相忘的味道。

相忘的味道是一种什么味道？就是你沉浸在你的欢乐里，我沉浸在我的欢乐里。你的欢乐中没有我，我的欢乐中也没有你。这样的欢乐，自然不是杯盘狼藉，投桃报李，搞小圈子，裙带关系，一损俱损，一荣俱荣。这样的欢乐，自然只是一种清欢。

这就是寂寞的好味道，相忘的味道。我们太害怕这种好味道了。我们太害怕被人遗忘被人挤出圈子被人摒弃了。现代生活，喧闹说到底不是一种生活方式，而是一种生存策略。没有这样的生存策略，好多东西你就得不到。得不到，你的老婆可能就会把你看扁，你的阳刚之气就会大打折扣。

这样的时候，我常常会想到陶渊明或者庄子。

按照现代人的观念，陶渊明或者庄子的人生选择未免过于自我。这一点，陶渊明自己也承认。他在写给儿子们的信中就抱歉地说，由于自己辞官归隐，让孩子们从小就遭受贫寒"黾勉辞世，使汝等幼而饥寒"，陶渊明心中是很愧疚的，但是他又说："偶爱闲静，开卷有得，便欣然忘食。见树木交荫，时鸟变声，亦复欢然有喜。"内心的矛盾和惶惑，终于不敌对寂寞清欢的热爱，于是乎，辞官归隐，也就顺理成章。

现代人很难理解陶渊明或者庄子的寂寞，觉得过于奢侈。也许吧，寂寞也是要有物质支撑的，晚上睡在潮乎乎的地下室中的"北漂"们是没有条件享受这种陶渊明或者庄子式的寂寞的。但是，换一个角度，即使我们有了坚实的物质基础，我们是否能安于这种寂寞？我想也许大家还是会选择奢华和喧嚣，而对这种老掉牙的寂寞弃若敝屣。

说到底，能否享受这种寂寞，是自己的主动选择，与物质的关系，并不是很直接。陶渊明在灾荒之年有乞食的行为，庄子也穷得向监河侯借粟，但都能不改初衷，享受这种寂寞之美。我觉得给现代人的启示就是，你自然不应该活到找人讨米的程度，但是在物质生活达到一定程度，衣食无忧的时候，是否能主动选择某种疏离，让自己的灵魂从物质的躯壳中破壳而出，享受一种久违的寂寞的好味道？那就是古人说的，"师父领进门，修行靠个人"了。

在喧嚣中变得麻木的人们，真的已经很难品尝到寂寞的好味道了。这味道实在好呀，恰如暑热中一盘墨绿色的清炒苦瓜，那清清的苦涩之味让人从暑热的头昏脑涨中一下子清醒过来，一股清凉之气从舌尖一直蔓延到周身的每一个毛孔，仿佛一个激灵，让人浑身为之战栗。寂寞真是一种好味道，清炒苦瓜的味道，淡淡的苦，丝丝的凉，苦涩之后幽幽弥漫舌尖的回甘，诗意氤氲，余音绕梁。鲍鱼海参的张扬和喧嚣，在这一盘清炒苦瓜面前，也会羞赧得低下头去。

害怕寂寞的人，就像害怕苦瓜的苦，不敢下箸。我小时候也是从来不敢吃苦瓜的。但是，每个人都是会长大的。长大了，我们就懂得苦瓜的好处，正如长大了，我们就懂得，在喧闹的鸡尾酒和雪茄烟让我们的味觉麻木迟钝的时候，一盘寂寞端上人生的桌面，我们迟钝麻木的舌头，会瞬间打一个激灵，一个长觉醒来，满口都是清清的苦，丝丝的凉，细细的回甘，诗意氤氲，余音绕梁。

世间爱

◎安 宁

　　有一次流感袭来，除了我和不满六个月的女儿，全家人都不幸染病。担心感冒传染给女儿，我像一只强大的母老虎一样，守护着自己的虎仔，不让任何人靠近她半步。爱人每次下班回来，在我的严密监控之下，唯有隔着门窗，恋恋不舍地注视着。有时他无意识地走近了几步，我立刻厉声将他呵斥出去，好像他身上的流感细菌，马上就会席卷了她的全身，让我陷入更大的恐慌之中。

　　而当我也不幸倒下之后，尽管知道六个月之前的宝宝，有来自母亲的抗体，被染上感冒的可能性较小，但我还是自动漠视掉这样的"科学常识"，立刻买了口罩，而且以有些搞笑的姿态，一边抱女儿喂奶，一边遥遥地将脸侧过去，自始至终，都不看她；似乎，我只要看女儿一眼，那流感便会如苍蝇一样，肆无忌惮地将她席卷。而我，就这样抵抗着对她的牵挂，凭借着毅力，坚持了七天，直到我确定我的感冒完全好了，这才将头扭了过来，重新温柔注视她的笑脸。

　　因为爱，我熟悉女儿身上的味道，当她依偎在我的怀里，我会从她柔软的头发中，闻到淡淡的奶香。那种温热的气息，让我再一次确认，此生她与我无法分离的血缘的亲密。我还会细细地观察她的身体，藕一样白嫩的小腿，月亮一样的耳朵，脸颊上漂亮的酒窝，温软小巧的脚丫，吃奶时娇羞的下巴，想要我抱她入怀时撒娇的哼哼唧唧，淡淡的双眉，精灵一样闪烁的眼睛。我像查找错字一样，查找那些隐匿在她身体褶皱里的灰尘。我为她脸上的湿疹而查阅大量的资料，我怕那些湿疹会在她漂亮的脸蛋上留下印痕，让她在懂得爱美后因此觉得自卑，我因此几乎成了湿疹治疗专家。我还因为要不要打水痘疫苗，而与她的父亲产生争执，因为我怕她被传染水痘时，有每日高烧的痛苦，我更怕她会因为痒而用手乱抓，在脸上留下一生的遗憾。

　　或许女儿在懂事以后，一定会觉得而今我所写下的这些惧怕，是杞人忧天，或者完全不符合常理。可是，世间有多少的爱，是理性且合乎逻辑的呢？如果爱能够理智地克制，那一定是没有抵达内心深处。《牡丹亭》里提及爱情，说："情不知所起，一往而深，生者可以死，死可以生。生而不可与死，死而不可复生者，皆非情之至也。"我想一个母亲对孩子的爱与情，也大抵如是。那爱从母亲的每一个细胞里散发出来，让她在日常一切细小到别人不能发现和关注的事情上，能够警觉到瞬间就感知到。身边一个年轻的朋友，当年她怀孕之时，一次路上骑车经过一辆停住的汽车，那车忽然就开了门，而她眼看就要倒下去了，不知哪儿来的力量，她伸手砰一下将那挡在前方的车门关上，并稳稳地骑车经过汽车，一秒都没有停下，只留那惊讶到呆住的司机与路人在身后。事后她自己也有些后怕，万一被车门撞倒，将产生意想不到的后果。我问她为何会在那个瞬间产生如此大的力量，能够抵挡一个车门的撞击。她茫然片刻，说自己也不清楚，若在平常，大约会被惯性立刻撞倒在地，但那一刻，她的心中只有一个念头，就是一定不要倒下，一定！我想，这个朋友其实知道，所有的神奇，不过是因为她爱腹中的孩子，所以才会有瞬间单手关掉一扇车门的奇迹发生。

女儿在一天一天成长，这个世界，也充满了各式各样的危险，我也将会因为她，而对此后的人生，充满了这样那样的惧怕。就像她还没有开始走路，我已经惧怕小区里飞速行驶的车辆；或者她尚未开始进幼儿园，想到刚刚三岁的她，要离开我的怀抱，过整个白天都无法与我见面的集体生活，并因此在幼儿园门口哭得撕心裂肺之时，我便提前两三年为她心疼。可是，尽管惧怕，我还是会像一头凶猛的野兽，为了她，而与这个世界争抢，拼斗，直到某一天，这爱让我成为一个可以独当一面的人，不论她在哪儿，都可以因为我这样强大的力量，而觉得温暖，安全，且无所惧怕。

对世界多一点了解

◎孙君飞

了解和接受世界，孩子有孩子的方式，大人有大人的方式。

我已经不是一个孩子了，我了解世界的方式已经像水泥那样凝固下来。

有一天，我带一个孩子看绘本书，故事讲"晴天有时会下猪"。拿起这本书，我刹那间就在想：这是幻想，荒诞的幻想，在现实中绝不会发生这种事情——现实是我衡量世界的一个标准，现实中不能发生的事情，我只会嘲笑、摒弃和满不在乎。失去一个荒诞的梦，又能够损失什么呢？于是我摆起臭脸，一本正经地给这个孩子读绘本里的文字，心里还准备着一会儿给孩子解释这种事情是不会在世界上发生的，但是孩子看到那些画面、听到那些情节，不停地哈哈大笑起来，笑得浑身颤抖，笑得流出眼泪，他的鼻子上的雀斑得到舒展，又弯又长的眼睫毛闪闪发亮，世界的点点萤火就停留在这个快乐天使的眼睫毛的尖尖儿上。

刚开始，我感到这一切变得很古怪，放缓了读书的速度，绘本里的故事却一直朝前哗哗地奔流着。这个孩子始终在为故事大笑，眯上眼睛，笑得像一团天真的空气，像从现实中蹦出来的一个意外。这时候，什么都是快乐的，整个世界都为快乐而存在：

流眼泪是快乐的，打喷嚏是快乐的，尖叫是快乐的，连沉默也是快乐的，就因为幻想晴天里下了一场猪，而我宁可让天空下干净漂亮的红鲤鱼或者浪漫美好的玫瑰花雨，但显然只有下猪才会让孩子这么痛快淋漓地大笑起来。

孩子和我是如此不同，在这种巨大的不同面前，我渐渐平静下来，我意识到世界最先是属于孩子们的，世界是把完整的自己赐福给孩子的，我们得到的部分其实微不足道。世界以不实的面目、虚构的形象和荒诞的想象力出现在孩子面前，他反而更加厉害地大笑起来，我却在孩子的身旁为一点点现实和坚硬而暗暗苦闷，还被无法实现的想说教他一下的念头弄得快快不乐。

但是，我越来越意识到孩子跟世界的亲近，他笑声里的庄严和活力也渐渐地感染和打动了我，即便是水泥块状的生命，也出现了松动。我顺利地读完了故事，合上书，一些画面也在脑海里不停地闪烁。

我一直在对自己说，世界是多么残酷，生活是多么令人不满，所以我要活得理性、理智，要相信现实、依靠现实，硬邦邦的东西拿到手里才算是，他人和梦都靠不住，我咬牙切齿靠自己，最糟糕的事情也不过是世界下雪我落泪。然而我看到的一切都是真实的吗？我真的比一个孩子更加了解这个世界吗？我有没有用自己的傲慢和偏见误解和曲解了世界，甚至先把自己设定为挫败者、痛苦者的角色，再来扭曲、偏执地看待和要求世界？我所谓的理性、理智有可能仍旧是脆弱的，或者说是虚幻的，抵挡不了多少风雨。说来说去，做来做去，思来想去，我只不过是始终以自己一个人的方式了解世界，以局部的方式了解整体，谈不上真正的了解，在这个过程中也没有真正的像一个孩子那样简单、自然、放松和快乐。我握在手里的东西确实像石头那样硬那样沉重，我认为自己在世界里越走越深，正靠近它的核心，实际上我仍旧走在世界的边缘，别的不多说，越来越少的快乐就证明了这一点。

一个孩子，仅仅拥有一个想象中的故事和童话就直接拥抱了整个世界。当失去了孩子了解和接受世界的方式，我十年里的快乐加起来也没有他一刻的巨大，我什么时候大笑得眼泪如珠，快乐得要飞起来？孩子们甚至从来没有大声说"我要开始了解世界了"，也可能从来没有想着怎么了解世界，但是他们恰恰一下子就了解了世界，他们的位置正处在世界的中心，如同花蕊正处在一朵花的所有花瓣里。我们的世界是同一个世界，真实不真实、奇妙不奇妙，世界不会回答，我只需要问一问自己。

我需要相信故事、梦和想象的力量，坚硬不等于坚强，能忍不等于能干，如果理性、理智不能让我快乐和宽广，只剩下深刻的教训和张皇的怀疑，世界虽然一如既往地接纳着我，我却仍旧迷路、无助和脆弱，连"假设"一下世界都不敢，它们还有什么意义和趣味呢？

了解和接受世界是一件多么美好和充满乐趣的事情，以正确的方式行走在正确的道路上，期待着花朵像雨一般洒落在全世界的身上。

至交至性

◎段奇清

至性，指天赋的卓绝品性，如性情淳厚、刚正，至慈至孝等，亦即以人性为根本的率性。

小时候，和所有人一样，希望能交上一些好友，因为倘若有三五知心之人，不说急难之处有人在钱物上帮你一把，即便是在郁闷苦恼时，有能与你推心置腹的好友和你说上一番话，也会让你有云开日出、春风拂面之感。

交友是以感情为基础的，往往因为感情不够深，有的友情不能终场，而这不能不说是人生一大憾事。怎样让友情深厚，两人的友谊能一竿子撑到底，这就得双方相知甚深，既深知对方，也深知自己。

在上了两三年的学，认识一些字后，我便迷恋上了看课外书籍、童话、小说、散文、诗歌，甚或字典、词典等工具书，不管看得懂还是看不懂，就是喜欢读。

由于家中贫困，书大多是向别人借，即使要买，也只买那些三五分钱一本的便宜书。不过也有一次例外。

那是一个星期天，我和几位小伙伴来到公社小镇上，进了一家书店。书店很小，里面的书却大多是我没看过的，不说《青春之歌》《林海雪原》等长篇小说，竟然还有一本《辞海》。见我拿着厚厚的飘着油墨香的《辞海》，总也舍不得放手，小伙伴陈小清便看了看书的定价，得知是二十六块三，他说："奇清，你若想买，我这里有二十五块钱，全都借给你。"

二十五块钱在当时的农村可不是一个小数目，那时，读书报名只要五毛钱，却还有许多家庭拿不出来。但我太想得到这本书了，便决定买下来。

不久，陈小清随他父母搬到一个国营农场去了，再后来他又去县城念了高中。一天，陈小清来到我家，他说，他高中已毕业一年多了，陈小清还喜滋滋地对我说，他体检合格，要去参军了。听到这一消息后，当年的那些伙伴几乎全都来到我家，向他祝贺！晚餐时，我邀大伙儿一起陪陈小清吃了饭。我还留陈小清在我家住一晚再走。

晚上，陈小清对我说："奇清，如今我手头有些不方便，借给你的钱，能还给我吗？"我说："当然能够。"便将已准备好的二十五块钱还给了他。

事后，大伙儿皆认为陈小清小家子气。有人甚至说，此人不够仗义。来玩玩可以，竟还讨要小时候借出的那点儿钱！听了伙伴们的话，我也觉得在理。

父亲知道这件事后，却说："小清这样的人才值得深交。当年他家也不是很富有，在你有需要时，却能倾囊相借。这是'义气'。如今他应征入伍，有许多花钱的地方，手头不方便了，又能直言讨要，这是'坦诚'。而'义'与'诚'，是友情的基石。"

然而，我想起了前些时候的一件事：我向一位王姓朋友也借过十块钱。那天，小王向我催要。于是我对父亲说："当时，您怎么要我不再与小王来往呢？"父亲说："那时你母亲刚生过一场病，花去了家中原本不多的积蓄，我们手头紧，小王却硬是讨要，说什么'不还钱就不走'。欠债还钱，本来是这个理，但也要考虑欠债人的实际情况。"

父亲的话一点儿没错，在接下来的几十年中，我与陈小清无论时空距离多么远，我们都彼此信任，心离得很近，相互一直视对方为至交。

世上能成为朋友的人很多，可至交难得。称得上至交的人，双方既要有感情，又不感情用事。即是说：一方面，自己有需要，却又碍于情面不肯说，心中便会有遗憾；另一方面，只看自己的需要，但不顾对方的实际情况，也会让对方留下遗憾。憾事太多，便会导致友情不能终场。

以感情为基础，率性坦诚，又闪烁着淳厚刚正、至慈至爱等人性的光芒。如此的友情，便是至交。